KB100380

이상 전시집

건축무한육면각체

건축무한 육면각체

이상 전시집

건축학을 전공한 문화예술의 천재
윤동주가 사랑하고 존경한 시인

스타북스

서문

건축과 문학, 외국어 그림에도 조예가 깊었던 천재

이 시집은 『이상 전집』 제2권을 초판본 순서 그대로 정리하여 첫 발간 당시의 의미를 살리되, 표기법은 기존의 초판본 시집의 느낌을 최대한 훼손하지 않게 현대어를 따름으로써 읽는 데 불편함이 없도록 하였다.

여기에 실린 이상의 작품 가운데는 일본어에 한자를 섞어 창작한 원작들이 꽤 있다. 『이상 전집』을 현대어로 정리하는 데 있어 '한자' 표기 여부를 깊이 고심한 끝에 이상의 추상적이고 난해한 시들, 게다가 띄어쓰기를 무시한 시 대다수를 한글로만 써서는 그 의미가 제대로 전달되지 못한다는 결론에 이르렀다. 그리하여 가깝게 다가오지 않는 작품 속 단어들의 경우 '한자' 표기를 병행하고 각주로 해설을 해 두어 이상의 작품들을 조금이나마 편히 읽고 이해할 수 있도록 돕고자 했다. 또한, 천재 시인 이상을 좀 더 가까이하려는 독자들을 위하여 그의 작품 중에서

가장 유명한 작품으로 꼽히는 '날개'와 '권태'를 부록 형식으로 실었다.

이상의 작품들은 난해하고 지나치게 추상적이라는 이유로 생전에는 그다지 인정받지 못했다. 이상의 대표작이라고 할 수 있는 『오감도』 역시 처음 조선중앙일보에 실렸을 때도 그 난해함과 추상성으로 인해 독자들의 거센 반발을 받았고 결국 15편을 끝으로 연재를 중단했다고 한다.

그의 대표작 날개의 첫 줄인 '박제가 되어버린 천재를 아시오.'라는 글에서 묻어나오듯 이상은 자신을 여러 방면에서 천재라고 생각했다. 실제로도 그를 아는 지인들은 이상을 천재로 평가했으나 그때 당시엔 그의 천재성이 주목받거나 널리 알려지진 않았다.

이상은 건축과 문학, 외국어 그림에도 조예가 깊었다. 이상은 본래 화가가 되고 싶어 했으나 백부인 김연필金演弼의 요구에 따라 현재 서울대학교 공과대학의 전신인 경성고등공업학교를 건축과 수석으로 졸업하고 조선총독부 내무국 건축과 기술사로 취직했으며, 조선건축회 정회원이 된다. 일제강점기였던 당시에 조선인으로선 이례적인 인사였다. 그만큼 이상의 능력이 뛰어났다는 것으로 추정된다.

조선건축회의 회원 자격으로 1929년 《조선과 건축》 디자인 현상공모에 2편의 표지화를 응모했다. 그의 작품은 1등과 3등에 선정됐으며, 1등 당선작은 1930년 1월부터 12월까지 '조선과 건축'의 표지화로 활용됐다.

혹자는 이상이 조선총독부에 근무했다는 사실과 일본어로 시를 썼다는 사실만을 가지고 친일반민족행위자라고 하는 경우가 있는데 이상은 전체주의, 군국주의를 매우 혐오한 사람이었다. 친일행위를 한 행적도 기록된 게 없으며 단순히 생계를 위해 일을 했을 뿐이라는 게 정설이다. 오히려 이상은 일제강점기 때 일본의 도시 문명을 비판하는 「동경東京」이란 수필을 썼다.

이상은 일본을 비판적인 시각에서 바라봤지만, 일본인이라고 무작정 싫어했던 건 아니었다고 한다. 이상 사후 1960년대에 그의 여동생인 김옥희 씨의 잡지 인터뷰에 따르면, "오빠는 전체주의이면서 군국주의였던 일본을 국가적인 관점에서는 좋아하지는 않았지만 그렇다고 일본 사람이나 일본 문화라고 해서 특별히 싫어하지는 않았다고 한다." 실제로 이상은 조선총독부에 근무했을 때도 한 일본인 상사와 코드가 잘 맞아 친하게 지냈다고 하며, 작품 대부분도 일본어로 썼고 동시대를 살았던 일본인 작가 아쿠타가와 류노스케芥川 龍之介를 동경했다고 한다. 실제로 그의 작품 내에는 일본 문화가 많이 담겨 있다.

이상李箱의 본명은 김해경金海卿이며 이상은 필명이다. 이 이상한 필명의 유래는 두 가지로 나뉜다. 하나는 '공사장 유래설'로, 이상의 여동생인 김옥희 씨는《신동아》에 기고한 글에서 김해경이라는 이름이 바뀐 것은 당시 건축공사장에서 김해경을 '긴상'이라 불러야 하는데 건축 공사장 환경상 소음도 크고 일본인들이 발음도 잘되지 않아 '리상'으로 잘못 부른 데서 유래했다고 밝혔다. 이상의 오랜 벗인 김기림金起林 역시 같은 말을 한 적이 있다.

두 번째로는 이상의 친구였던 화가 구본웅具本雄이 경성고등공업학교에 입학했을 때 준 오얏나무(李: 오얏나무 리)로 만들어진 화구상자(箱: 상자 상)를 받고 친구의 호의에 보답하기 위해서 이상이라는 필명을 정하게 되었다는 설도 있다. 그러나 전자는 말뿐이고 후자는 보성고보 시절 이상이 직접 디자인한 졸업 앨범에 이상이라고 서명한 것이 있어 보다 설득력이 있다.

이상은 동경제국대학 부속 병원에서 4월 17일 새벽 4시에 27살이라는 젊은 나이에 폐결핵으로 사망한다. 변동림이 그의 유해를 화장하여 미아리 공동묘지에 묻었으나, 돌보는 이가 없다가 6.25 전쟁 후 미아리 공동묘지가 사라지며 유실되었다.

그의 유언이 "레몬 향기가 맡고 싶소"라고 알려져 있었으나, 후일 이상의 아내였던 변동림이 "멜론이 먹고 싶다"였다고 술회했다. 변동림卞東琳은 후에 김향안金鄕岸으로 개명하고 김환기 화백과 재혼한다.

문학을 사랑하는 이상의 시대, 이상의 천재성, 이상의 개인사들을 탐색하며 한 발 한 발 그의 작품세계로 걸어 나간다. 작품이 난해해서 읽히지 않았는데 이젠 그 난해함 덕분에 읽히고 있다. 이 책을 펴내는 출판사로서 우려가 되는 부분이 있어 한 가지만 당부하고 싶다.

이상의 시에서 정답을 찾으려고 하지 않았으면 좋겠다. 시가 어려운 이유는 정답이 있다고 믿고 찾으려고 하기 때문이다. 정답이 없는데 찾으려고 하니 당연히 시를 읽는 게 어려울 수밖에 없다. 시의 답은 시인에게 있지 않고 독자에게 있다.

이 책을 읽는 독자 분들이 저마다의 답을 내리고 이상이 생전에 발표한 글, 그의 유고, 이상의 습작 노트, 그 외의 발굴 자료 등을 편안하게 읽어내려 갔으면 하는 마음으로 박제가 되어버린 천재를 세상에 풀어 놓는다.

차례

2 조감도 鳥瞰圖

3 역단 易斷

4 삼차각설계도

5 위독 危篤

6 건축무한육면각체

7 무제 無題

8 미발표 유고

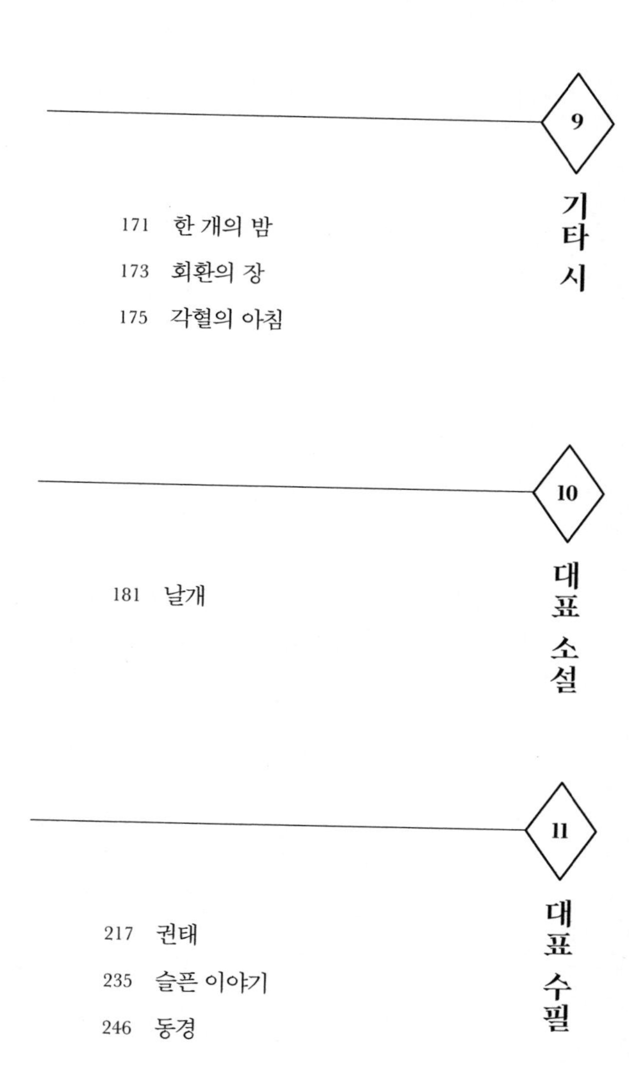

9

기타시

10

대표 소설

11

대표 수필

1

오감도 烏瞰圖

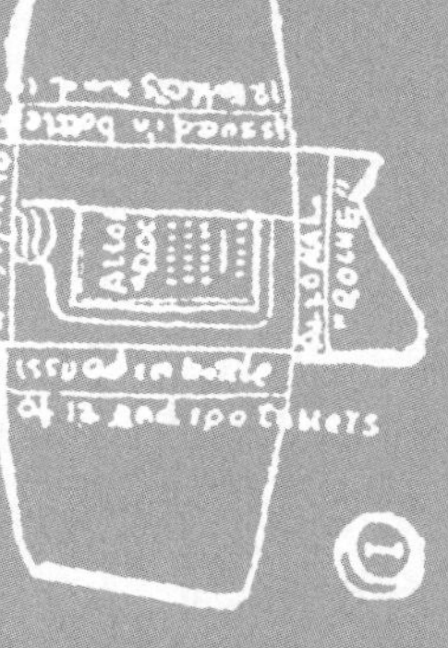

烏瞰圖

시詩제1호

13인의아해兒孩가도로로질주하오.
(길은막다른골목이적당하오.)

제1의아해가무섭다고그리오.
제2의아해도무섭다고그리오.
제3의아해도무섭다고그리오.
제4의아해도무섭다고그리오.
제5의아해도무섭다고그리오.
제6의아해도무섭다고그리오.
제7의아해도무섭다고그리오.
제8의아해도무섭다고그리오.
제9의아해도무섭다고그리오.
제10의아해도무섭다고그리오.

제11의아해가무섭다고그리오.
제12의아해도무섭다고그리오.
제13의아해도무섭다고그리오.
13인의아해는무서운아해와무서워하는아해와그렇게뿐이모였소. (다른사정은없는것이차라리나았소.)

그중에1인의아해가무서운아해라도좋소.

그중에2인의아해가무서운아해라도좋소.

그중에2인의아해가무서워하는아해라도좋소.

그중에1인의아해가무서워하는아해라도좋소.

(길은뚫린골목이라도적당하오.)

13인의아해가도로로질주하지아니하여도좋소.

(『조선중앙일보』, 1934)

시제2호

나의아버지가나의곁에서조을적에나는나의아버지가되고또
나는나의아버지의아버지가되고그런데도나의아버지는나의
아버지대로나의아버지인데어쩌자고나는자꾸나의아버지의
아버지의아버지의……아버지가되니나는왜나의아버지를껑
충뛰어넘어야하는지나는왜드디어나와나의아버지와나의아
버지의아버지와나의아버지의아버지의아버지노릇을한꺼번
에하면서살아야하는것이냐

(『조선중앙일보』, 1934)

시제3호

싸움하는사람은즉싸움하지아니하던사람이고또싸움하는사람은싸움하지아니하는사람이었기도하니까싸움하는사람이싸움하는구경을하고싶거든싸움하지아니하던사람이싸움하는것을구경하든지싸움하지아니하는사람이싸움하는구경을하든지싸움하지아니하던사람이나싸움하지아니하는사람이싸움하지아니하는것을구경하든지하였으면그만이다

(『조선중앙일보』, 1934)

시제4호

환자의용태에관한문제.

• 0 9 8 7 6 5 4 3 2 1
0 • 9 8 7 6 5 4 3 2 1
0 9 • 8 7 6 5 4 3 2 1
0 9 8 • 7 6 5 4 3 2 1
0 9 8 7 • 6 5 4 3 2 1
0 9 8 7 6 • 5 4 3 2 1
0 9 8 7 6 5 • 4 3 2 1
0 9 8 7 6 5 4 • 3 2 1
0 9 8 7 6 5 4 3 • 2 1
0 9 8 7 6 5 4 3 2 • 1
0 9 8 7 6 5 4 3 2 1 •

진단 0·1

26·10·1931

이상以上 책임의사 이 상李箱

(『조선중앙일보』, 1934)

시제5호

기후其後좌우를제除하는유일의 흔적에있어서

익은불서翼殷不逝 목대부도目大不覩

반胖왜소형의신神의안전眼前에아전我前낙상한고사故事를유有함.

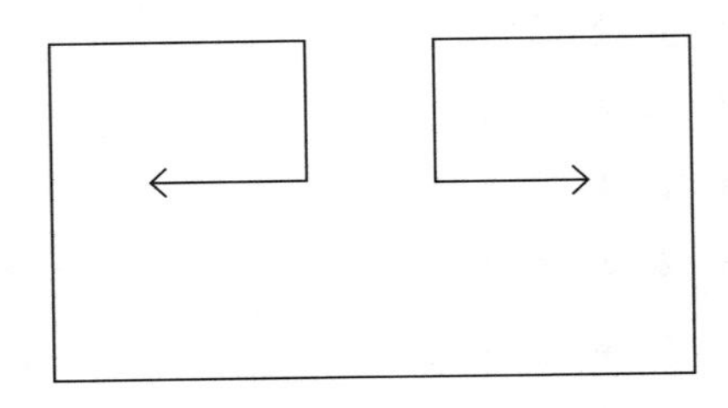

장부臟腑타는것은 침수된축사와구별될수있을는가.

(『조선중앙일보』, 1934)

시제6호

앵무鸚鵡 ※ 두필

두필

※ 앵무는포유류에속하느니라.

내가두필을아는것은내가두필을아알지못하는것이니라. 물론나는희망할것이니라.

앵무 두필

「이소저小姐는신사紳士이상李箱의부인이냐」「그렇다」

나는거기서앵무가노怒한것을보았느니라. 나는부끄러워서 얼굴이붉어졌었겠느니라.

앵무 두필

두필

물론나는추방당하였느니라. 추방당할것까지도없이자퇴하였느니라. 나의체구는중축中軸을상실하고또상당히창랑蹌踉하여그랬던지나는미미하게체읍하였느니라.

「저기가저기지」「나」「나의—아—너와나」

「나」

sCANDAL이라는것은무엇이냐.「너」「너구나」

「너지」「너다」「아니다 너로구나」나는함

뿍젖어서그래서수류獸類처럼도망하였느니라. 물론그것을아

아는사람혹은보는사람은없었지만그러나과연그럴는지그것

조차그럴는지.

(『조선중앙일보』, 1934)

시제7호

구원적거久遠謫居의지地의일지一枝 ·일지에피는현화顯花 ·특이한사월의화초·삼십륜輪에전후되는양측의명경明鏡 ·맹아萌芽와같이희희戲戲하는지평을향하여금시금시낙백落魄하는만월滿月 ·청간淸澗의기氣가운데만신창이의만월이의형劓刑당하여혼륜하는·적거의지地를관류하는일봉가신一封家信 ·나는근근히차대遮戴하였더라·몽몽濛濛한월아月芽 ·정밀靜謐을개엄蓋掩하는대기권의요원遙遠 ·거대한곤비困憊가운데의일년사월의공동空洞 ·반산전도槃散顚倒하는성좌와성좌의천렬千裂된사호동死胡同을포도跑逃하는거대한풍설風雪 ·강매降霾 ·혈홍으로염색된암염의분쇄·나의뇌를피뢰침삼아침하반과搬過되는광채光彩임리淋漓한망해·나는탑배塔配하는독사와같이지하에식수植樹되어다시는기동할수없었더라·천량天亮이올때까지

(『조선중앙일보』, 1934)

시제8호 해부

제1부시험	수술대	1
	수은도말평면경	1
	기압	2배의평균기압
	온도	개무皆無

위선爲先마취된정면으로부터입체와입체를위한입체가구비된전부를평면경에영상시킴. 평면경에수은을현재와반대측면에도말塗抹이전함. (광선침입방지에주의하여) 서서히마취를해독함. 일축一軸철필과 일장一張백지를지급함. (시험담임인은피시험인과포옹함을절대기피할것) 순차수술실로부터피시험인을해방함. 익일. 평면경의종축縱軸을통과하여평면경을이편二片에절단함. 수은도말2회.
ETC 아직그만족한결과를수습치못하였음.

제2부시험	직립한평면경	1
	조수助手	수명數名

야외의진공眞空을선택함. 위선마취된상지上肢의첨단尖端을경면鏡面에부착시킴. 평면경의수은을박락함. 평면경을후퇴시

킴. (이때영상된상지는반듯이초자硝子를무사통과하겠다는것으로가설함) 상지의종단終端까지. 다음수은도말. (재래면在來面에) 이순간공전과자전으로부터그진공을강차시킴. 완전히2개의상지를접수하기까지. 익일. 초자를전진시킴. 연하여수은주를재래면에도말함 (상지의처분) (혹은멸형滅形) 기타. 수은도말면의변경과전진후퇴의중복등.

ETC 이하미상

(『조선중앙일보』, 1934)

시제9호 총구銃口

매일같이열풍이불더니드디어내허리에큼직한손이와닿는다. 황홀한지문指紋골짜기로내땀내가스며들자마자쏘아라. 쏘으리로다. 나는내소화기관에묵직한총신을느끼고내다물은입에매끈한총구를느낀다. 그러더니나는총쏘으드키눈을감으며한방총탄대신에나는참나의입으로무엇을내어배앝었드냐.

(『조선중앙일보』, 1934)

시제10호 나비

찢어진벽지에죽어가는나비를본다. 그것은유계幽界에낙역絡繹되는비밀한통화구다. 어느날거울가운데의수염에죽어가는나비를본다. 날개축처어진나비는입김에어리는가난한이슬을먹는다. 통화구를손바닥으로꼭막으면서내가죽으면앉았다일어서드키나비도날아가리라. 이런말이결코밖으로새어나가지는않게한다.

(『조선중앙일보』, 1934)

시제11호

그사기컵은내해골과흡사하다. 내가그컵을손으로꼭쥐었을때 내팔에서는난데없는팔하나가접목接木처럼돋히더니그팔에달린손은그사기컵을번쩍들어마룻바닥에메어부딪는다. 내팔은 그사기컵을사수死守하고있으니산산이깨어진것은그럼그사기컵과흡사한내해골이다. 가지났던팔은배암과같이내팔로기어들기전에내팔이혹움직였던들홍수를막은백지는찢어졌으리라. 그러나내팔은여전히그사기컵을사수한다.

(『조선중앙일보』, 1934)

시제12호

때묻은빨래조각이한뭉텅이공중으로날아떨어진다. 그것은흰비둘기의떼다. 이손바닥만한조각하늘저편에전쟁이끝나고평화가왔다는선전이다. 한무더기비둘기의떼가깃에묻은때를씻는다. 이손바닥만한하늘이편에방망이로흰비둘기의떼를때려죽이는불결한전쟁이시작된다. 공기에숯검정이가지저분하게묻으면흰비둘기의떼는또한번이손바닥만한하늘저편으로날아간다.

(『조선중앙일보』, 1934)

시제13호

내팔이면도칼을 든채로끊어떨어졌다. 자세히보면무엇에몹시위협당하는것처럼새파랗다. 이렇게하여잃어버린내두개팔을나는촉대세움으로내 방안에장식하여놓았다. 팔은죽어서도오히려나에게겁을내이는것만같다. 나는이런얇다란예의를화초분보다도사랑스레여긴다.

(『조선중앙일보』, 1934)

시제14호

고성固城앞풀밭이있고풀밭위에나는내모자를벗어놓았다.
성위에서나는내기억에꽤무거운돌을매어달아서는내힘과거리껏팔매질쳤다. 포물선을역행하는역사의슬픈울음소리. 문득성밑내모자곁에한사람의걸인이장승과같이서있는것을내려다보았다. 걸인은성밑에서오히려내위에있다. 혹은종합된역사의망령인가. 공중을향하여놓인내모자의깊이는절박한하늘을부른다. 별안간걸인은표표慓慓한풍채를허리굽혀한개의돌을내모자속에치뜨려넣는다. 나는벌써기절하였다. 심장이두개골속으로옮겨가는지도가보인다. 싸늘한손이내이마에닿는다. 내이마에는싸늘한손자국이낙인되어언제까지지워지지않는다.

(『조선중앙일보』, 1934)

시제15호

1

나는거울없는실내에있다. 거울속의나는역시외출중이다. 나는지금거울속의나를무서워하며떨고있다. 거울속의나는어디가서나를어떻게하려는음모를하는중일까.

2

죄를품고식은침상에서잤다. 확실한내꿈에나는결석하였고의족을담은군용장화가내꿈의백지를더럽혀놓았다.

3

나는거울있는실내로몰래들어간다. 나를거울에서해방하려고. 그러나거울속의나는침울한얼굴로동시에꼭들어온다. 거울속의나는내게미안한뜻을전한다. 내가그때문에영어囹圄되어있드키그도나때문에영어되어떨고있다.

4

내가결석한나의꿈. 내위조가등장하지않는내거울. 무능이라도좋은나의고독의갈망자다. 나는드디어거울속의나에게자살을권유하기로결심하였다. 나는그에게시야도없는들창을가리키었다. 그들창은자살만을위한들창이다. 그러나내가자살하지아니하면그가자살할수없음을그는내게가르친다. 거울속의나는불사조에가깝다.

5

내왼편가슴심장의위치를방탄금속으로엄폐하고나는거울속의내왼편가슴을겨누어권총을발사하였다. 탄환은그의왼편가슴을관통하였으나그의심장은바른편에있다.

6

모형심장에서붉은잉크가엎질러졌다. 내가지각한내꿈에서나는극형을받았다. 내꿈을지배하는자는내가아니다. 악수할수조차없는두사람을봉쇄封鎖한거대한죄가있다.

(『조선중앙일보』, 1934)

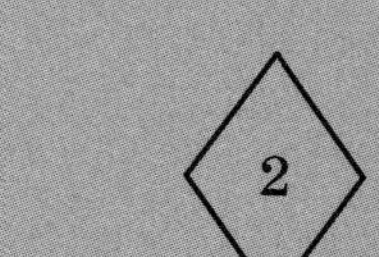

조감도 鳥瞰圖

2인····1····

기독基督은남루한행색을하고설교를시작했다.
아아ㄹ·카아보네는감람산을산채로납촬拉撮해갔다.

×

1930년이후의일—.
네온싸인으로장식된어느교회의문간에서는뚱뚱보카아보네가볼의상흔을신축伸縮시켜가면서입장권을팔고있었다.

(『조선과건축』, 1931)

2인····2····

아아르·카아보네의화폐는참으로광이나고메달로하여도좋을만하나기독의화폐는보기숭할지경으로빈약하고해서아무튼돈이라는자격에서는일보一步도벗어나지못하고있다.

카아보네가프렛상으로보내어준프록·코오트를기독은최후까지거절하고말았다는것은유명한이야기거니와의당한이야기아니겠는가.

(『조선과건축』, 1931)

신경질적으로 비만한 삼각형

▽은나의AMOUREUSE이다

▽이여 씨름에서이겨본경험은몇번이나되느냐.

▽이여 보아하니외투속에파묻힌등덜미밖엔없고나.

▽이여 나는그호흡에부서진악기로다.

나에게여하한고독이찾아올지라도나는××하지아니할것이다. 오직그러함으로써만.

나의생애는원색과같이풍부하다.

그런데나는캐라반이라고.
그런데나는캐라반이라고.

(『조선과건축』, 1931)

LE URINE

불길과같은바람이불었건만불었건만얼음과같은수정체는 있다. 우수憂愁는DICTIONAIRE와같이순백하다. 녹색풍경은 망막에다무표정을가져오고그리하여무엇이건모두회색의명 랑한색조로다.

들쥐野鼠와같은험준한지구등성이를포복하는짓은대체누가 시작하였는가를수척하고왜소한ORGANE을애무하면서역사 책비인페이지를넘기는마음은평화로운문약文弱이다. 그러는 동안에도매장되어가는고고학은과연성욕을느끼게함은없는 바가장무미하고신성한미소와더불어소규모하나마이동되어 가는 실糸과같은동화가아니면아니되는것이아니면무엇이었 는가.

진녹색납죽한사류蛇類는무해롭게도수영하는유리의유동체 는무해롭게도반도도아닌어느무명의산악을도서와같이유동 하게하는것이며그럼으로써경이와신비와또한불안까지를함 께뱉어놓는바투명한공기는북국과같이차기는하나양광陽光을 보라. 까마귀는흡사공작과같이비상하여비늘을질서없이번득 이는반개半個의천체에금강석과추호도다름없이평민적윤곽을

일몰전에빗보이며교만함은없이소유하고있는것이다.

이것저것숫자의COMBINATION을망각하였던약간소량의뇌수에는설탕과같이청렴한이국정조로하여가수상태를입술우에꽃피워가지고있을즈음번화로운꽃들은모다어데로사라지고이것을목조의작은양이두다리를잃고가만히무엇엔가귀기울이고있는가.

수분이없는증기로하여왼갖고리짝은마르고말라도시원치않은오후의해수욕장근처에있는휴업일의조탕은파초선과같이비애에분열하는원형음악과휴지부, 오오춤추려나, 일요일의뷔너스여, 목쉰소리나마노래부르려무나일요일의뷔너스여.

그평화로운식당도어에는백색투명한MENSTRUATION이라문패가붙어서한정없는전화를피로疲勞하여LIT우에놓고다시백색여송연呂宋煙을그냥물고있는데.

마리아여, 마리아여, 피부는새까만마리아여, 어디로갔느냐, 욕실수도콕크에선열탕이서서히흘러나오고있는데가서얼른어젯밤을막으렴, 나는밥이먹고싶지아니하니슬립퍼어를축음기우에얹어놓아주려무나.

무수한비가무수한추녀끝을두드린다두드리는것이다. 분명상박과하박과의공동피로임에틀림없는식어빠진점심을먹어볼까— 먹어본다. 만도린은제스스로포장하고지팡이잡은손

에들고그자그마한삽짝문을나설라치면언제어느때향선香線과
같은황혼은벌써왔다는소식이냐, 수탉아, 되도록순사가오기
전에고개수그린채미미한대로울어다오, 태양은이유도없이사
보타아지를자행하고있는것은전연사건이외의일이아니면아
니된다.

(『조선과건축』, 1931)

얼굴

배고픈얼굴을본다.

반드르르한머리카락밑에어째서배고픈얼굴은있느냐.

저사내는어데서왔느냐.
저사내는어데서왔느냐.

저사내어머니의얼굴은박색임에틀림이없겠지만저사내아버지의얼굴은잘생겼을것임에틀림이없다고함은저사내아버지는워낙은부자였던것인데저사내어머니를취한후로는급작히가난든것임에틀림없다고생각되기때문이거니와참으로아해라고하는것은아버지보담도어머니를더닮는다는것은그무슨얼굴을말하는것이아니라성행性行을말하는것이지만저사내얼굴을보면저사내는나면서이후대체웃어본적이있었느냐고생각되리만큼험상궂은얼굴이라는점으로보아저사내는나면서이후한번도웃어본적이없었을뿐만아니라울어본적도없었으리라믿어지므로더욱더험상궂은얼굴임은즉저사내는저사내어머니의얼굴만을보고자라났기때문에그럴것이라고생각되지만저사내아버지는웃기도하고하였을것임에는틀림이없

을것이지만대체로아해라고하는것은곧잘무엇이나숭내내는
성질이있음에도불구하고저사내가조금도웃을줄모르는것같
은얼굴만을하고있는것으로본다면저사내아버지는해외를방
랑하여저사내가제법사람구실을하는저사내로장성한후로도
아직돌아오지아니하던것임에틀림이없다고생각되기때문에
또그렇다면저사내어머니는대체어떻게그날그날을먹고살아
왔느냐하는것이문제가될것은물론이지만어쨌든간에저사내
어머니는배고팠을것임에틀림없으므로배고픈얼굴을하였을
것임에틀림없는데귀여운외톨자식인지라저사내만은무슨일
이있든간에배고프지않도록하여서길러낸것임에틀림없을것
이지만아무튼아해라고하는것은어머니를가장의지하는것인
즉어머니의얼굴만을보고저것이정말로마땅스런얼굴이구나
하고믿어버리고선어머니의얼굴만을열심으로숭내낸것임에
틀림없는것이어서그것이지금은입에다금니를박은신분과시
절이되었으면서도이젠어쩔수도없으리만큼굳어버리고만것
이나아닐까고생각되는것은무리도없는일인데그것은그렇다
하더라도반드르르한머리카락밑에어째서저험상궂은배고픈
얼굴은있느냐.

(『조선과건축』, 1931)

운동

일층우에있는이층우에있는삼층우에있는옥상정원에올라서남쪽을보아도아무것도없고북쪽을보아도아무것도없고해서옥상정원밑에있는삼층밑에있는이층밑에있는일층으로내려간즉동쪽에서솟아오른태양이서쪽에떨어지고동쪽에서솟아올라서쪽에떨어지고동쪽에서솟아올라서쪽에떨어지고동쪽에서솟아올라하늘한복판에와있기때문에시계를꺼내본즉서기는했으나시간은맞는것이지만시계는나보담도젊지않으냐하는것보담은나는시계보다는늙지아니하였다고아무리해도믿어지는것은필시그럴것임에틀림없는고로나는시계를내동댕이쳐버리고말았다.

(『조선과건축』, 1931)

광녀의 고백

여자인S자子양孃한테는참으로미안하오. 그리고B군자네한테감사하지아니하면아니될것이오. 우리들은S자양의앞길에다시광명이있기를빌어야하오.

창백한여자

얼굴은여자의이력서이다. 여자의입은작기때문에여자는익사하지아니하면아니되지만여자는물과같이때때로미쳐서소란해지는수가있다. 온갖밝음의태양들아래여자는참으로맑은물과같이떠돌고있었는데참으로고요하고매끄러운표면은조약돌을삼켰는지아니삼켰는지항상소용돌이를갖는퇴색한순백색이다.

등쳐먹을려고하길래내가먼첨한대먹여놓았죠.

잔내비와같이웃는여자의얼굴에는하룻밤사이에참아름답고빤드르르한적갈색쵸콜레이트가무수히열매맺혀버렸기때문에여자는마구대고초콜레이트를방사放射하였다. 초콜레이트는흑단의사아벨을질질끌면서조명사이사이에격검을하기만하여도웃는다. 웃는다. 어느것이나모다웃는다. 웃음이마침내엿과같이걸쭉하게찐득거려서초콜레이트를다삼켜버리고탄력강기剛氣에찬온갖표적은모두무용이되고웃음은산산이부서지고도웃는다. 웃는다. 파랗게웃는다. 바늘의철교와같이웃는다. 여자는나한羅漢을밴것인줄다들알고여자도안다. 나한은비대하고여자의자궁은운모와같이부풀고여자는돌과같이딱딱한초콜레이트가먹고싶었던것이다. 여자가올라가는층계는한층한층이더욱새로운초열결빙지옥이었기때문에여자는즐거운초콜레이트가먹고싶지않다고생각하지아니하는것은곤란하기는하지만자선가로서의여자는한몫보아준심산이지만그러면서도여자는못견디리만큼답답함을느꼈는데이다지도신선하지아니한자선사업이또있을까요하고여자는밤새도록고민고민하였지만여자는전신이갖는몇개의습기를띤천공穿孔(예컨대눈기타)근처의먼지는떨어버릴수없는것이었다.

여자는물론모든것을포기하였다. 여자의성명도, 여자의피부에있는오랜세월중에간신히생긴때의박막도심지어는여자의타선唾線까지도, 여자의머리는소금으로닦은것이나다름없는것이다. 그리하여온도를갖지아니하는엷은바람이참으로강구연월과같이불고있다. 여자는혼자망원경으로SOS를듣는다. 그리곤덱크를달린다. 여자는푸른불꽃탄환이벌거숭이인채달리고있는것을본다. 여자는오오로라를본다. 덱크의구란은북극성의감미로움을본다. 거대한바닷개海狗잔등을무사히달린다는것이여자로서과연가능할수있을까, 여자는발광하는

파도를본다. 발광하는파도는여자에게백지의화판花瓣을준다. 여자의피부는벗기이고벗기인피부는선녀의옷자락과같이바람에나부끼고있는참으로서늘한풍경이라는점을깨닫고다들은고무와같은두손을들어입을박수하게하는것이다.

이내몸은돌아온길손, 잘래야잘곳없어요.

여자는마침내낙태한것이다. 트렁크속에는천갈래만갈래로찢어진POUDRE VERTUEUSE가복제된것과함께가득채워져있다. 사태死胎도있다. 여자는고풍스러운지도위를독모毒毛를살포하면서불나비와같이날은다. 여자는이제는이미오백나한의불쌍한홀아비들에게는없을래야없을수없는유일한아내인것이다. 여자는콧노래와같은ADIEU를지도의에레베에슌에다고하고 No.1~500의어느사찰인지향하여걸음을재촉하는것이다.

(『조선과건축』, 1931)

흥행물 천사天使

―어떤후일담으로―

정형외과는여자의눈을찢어버리고형편없이늙어빠진곡예상曲藝象의눈으로만들고만것이다. 여자는실컷웃어도또한웃지아니하여도웃는것이다.

여자의눈은북극에서해후하였다. 북극은초겨울이다. 여자의눈에는백야白夜가나타났다. 여자의눈은바닷개잔등과같이얼음판우에미끄러져떨어지고만것이다.

세계의한류寒流를낳는바람이여자의눈에불었다. 여자의눈은거칠어졌지만여자의눈은무서운빙산에싸여있어서파도를일으키는것은불가능하다.

여자는대담하게NU가되었다. 한공은한공만큼의형극荊棘이되었다. 여자는노래부른다는것이찢어지는소리로울었다. 북극은종소리에전율하였던 것이다.

거리의음악사는따스한봄을마구뿌린걸인과같은천사. 천사

는참새와같이수척한천사를데리고다닌다.

천사의배암과같은회초리로천사를때린다.

천사는웃는다, 천사는고무풍선과같이부풀어진다.

천사의흥행은사람들의눈을끈다.

사람들은천사의정조貞操의모습을지닌다고하는원색사진판그림엽서를산다.

천사는신발을떨어뜨리고도망한다.

천사는한꺼번에열개이상의덫을내어던진다.

◇ ◇

일력日曆은초콜레이트를늘인(增)다.

여자는초콜레이트로화장하는것이다.

여자는트렁크속에흙탕투성이가된즈로오스와함께엎드러져운다. 여자는트렁크를운반한다.

여자의트렁크는축음기다.

축음기는나팔과같이홍도깨비청도깨비를불러들였다.

홍도깨비청도깨비는펜긴이다. 사루마다밖에입지않은펜긴은수종水腫이다.

여자는코끼리의눈과두개골크기만큼한수정눈을종횡으로굴리어추파를남발하였다.

여자는만월滿月을잘게잘게썰어서향연을베푼다. 사람들은그것을먹고돼지같이비만하는초콜레이트냄새를방산하는것이다.

(『조선과건축』, 1931)

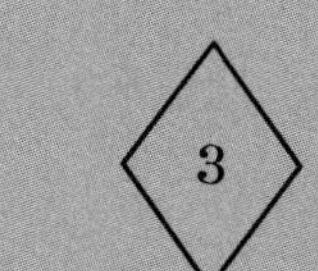

역단 易斷

烏瞰圖

화로

방거죽에극한이와닿았다. 극한이방속을넘본다. 방안은견딘다. 나는독서의뜻과함께힘이든다. 화로를꽉쥐고집의집중을잡아땡기면유리창이움폭해지면서극한이혹처럼방을누른다. 참다못하여화로는식고차겁기때문에나는적당스러운방안에서쩔쩔맨다. 어느바다에조수가미나보다. 잘다져진방바닥에서어머니가생기고어머니는내아픈데에서화로를떼어가지고부엌으로나가신다. 나는겨우폭동을기억하는데내게서는억지로가지가돋는다. 두팔을벌리고유리창을가로막으면빨랫방망이가내등의더러운의상을뚜들긴다. 극한을걸커미는어머니—기적이다. 기침약처럼따끈따끈한화로를한아름담아가지고내체온위에올라서면독서는겁이나서곤두박질을친다.

(『가톨닉청년』, 1936)

아침

캄캄한공기를마시면폐에해롭다. 폐벽에끄름이앉는다. 밤새도록나는몸살을앓는다. 밤은참많기도하더라. 실어내가기도하고실어들어오기도하고하다가잊어버리고새벽이된다. 폐에도아침이켜진다. 밤사이에무엇이없어졌나살펴본다. 습관이도로와있다. 다만내치사侈奢한책이여러장찢겼다. 초췌한결론위에아침햇살이자세히적힌다. 영원히그코없는밤은오지않을듯이.

(『가톨닉청년』, 1936)

가정家庭

문을암만잡아당겨도안열리는것은안에생활이모자라는까닭이다. 밤이사나운꾸지람으로나를조른다. 나는우리집내문패앞에서여간성가신게아니다. 나는밤속에들어서서제웅처럼자꾸만감減해간다. 식구야봉한창호어데라도한구석터놓아다고내가수입되어들어가야하지않나. 지붕에서리가내리고뾰족한데는침鍼처럼월광이묻었다. 우리집이앓나보다그러고누가힘에겨운도장을찍나보다. 수명을헐어서전당잡히나보다. 문을열려고안열리는문을열려고.

(『가톨닉청년』, 1936)

역단易斷

그이는백지위에다연필로한사람의운명을흐릿하게초草를잡아놓았다. 이렇게홀홀한가. 돈과과거를거기다가놓아두고잡답雜踏속으로몸을기입하여본다. 그러나거기는타인과약속된악수가있을뿐,다행히공란을입어보면장광長廣도맞지않고안드린다. 어떤빈터전을찾아가서실컷잠자코있어본다. 배가아파들어온다. 고苦로운발음을다삼켜버린까닭이다. 간사한문서를때려주고또멱살을잡고끌고와보면그이도돈도없어지고피곤한과거가멀거니앉아있다. 여기다좌석을두어서는안된다고그사람은이로위치를파헤쳐놓는다. 비켜서는악식惡息에허망과복수를느낀다. 그이는앉은자리에서그사람이평생을살아보는것을보고는살짝달아나버렸다.

(『가톨닉청년』, 1936)

행로

기침이난다. 공기속에공기를힘들여배앝아놓는다. 답답하게 걸어가는길이내스토오리요기침해서찍는구두句讀를심심한공기가주물러서삭여버린다. 나는한장이나걸어서철로를건너지를적에그때누가내경로를디디는이가있다. 아픈것이비수에베어지면서철로와열십자로어얼린다. 나는무너지느라고기침을떨어뜨린다. 웃음소리가요란하게나더니자조하는표정위에독한잉크가끼얹힌다. 기침은사념위에그냥주저앉아서떠든다. 기가탁막힌다.

(『가톨닉청년』, 1936)

4

삼차각설계도

ASPIRIN ★ ADALIN ★ ASPIRIN ★
ADALIN ★ ASPIR N ★ ADALIN ★

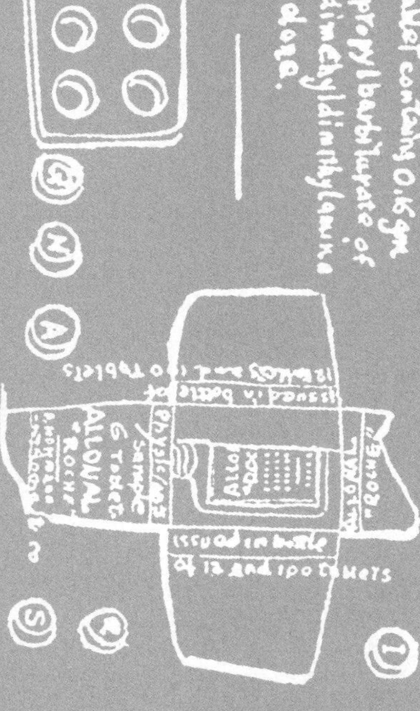
Each Tablet containing 0.16 gm
Allylisopropylbarbiturate of
phenyldimethyldimethylamino
pyrazolone.
issued in bottle of
12 tablets and 100 Tablets
Physicians Sample
6 Tablet
ALLONAL
"ROCHE"

개날

鳥瞰圖

선에관한각서 1

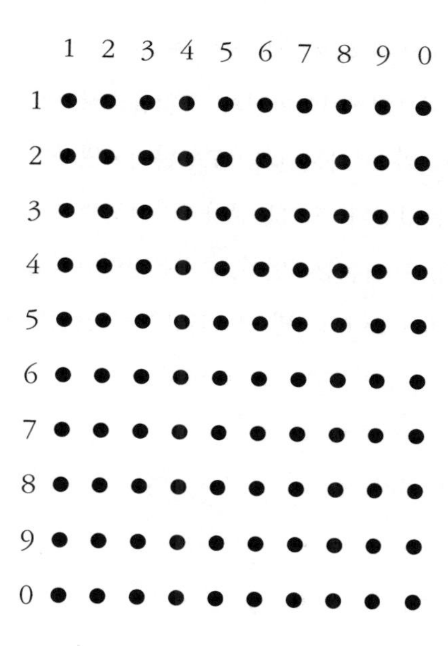

(우주는멱에의하는멱에의한다)

(사람은숫자를버리라)

(고요하게나를전자의양자로하라)

스펙톨

축X 축Y 축Z

속도etc의통제예컨대광선은매초당300000킬로미터달아나는것이확실하다면사람의발명은매초당600000킬로미터달아날수없다는법은물론없다.그것을몇십배몇백배몇천배몇만배몇억배몇조배하면사람은수십년수백년수천년수만년수억년수조년의태고의사실이보여질것이아닌가, 그것을또끊임없이붕괴하는것이라고하는가, 원자는원자이고원자이고원자이다, 생리작용은변이하는것인가, 원자는원자가아니고원자가아니고원자가아니다, 방사放射는붕괴인가, 사람은영겁인영겁을살수있는것은생명은생生도아니고명命도아니고광선인것이라는것이다.

취각臭覺의미각과미각의취각

(입체에의절망에의한탄생)
(운동에의절망에의한탄생)
(지구는빈집일경우봉건시대는눈물이나리만큼그리워진다)

(『조선과건축』, 1931)

선에관한각서 2

1 + 3

3 + 1

3 + 1　1 + 3

1 + 3　3 + 1

1 + 3　1 + 3

3 + 1　3 + 1

3 + 1

1 + 3

선상의한점 A

선상의한점 B

선상의한점 C

A + B + C = A

A + B + C = B

A + B + C = C

두선의교점 A

세선의교점 B

수선의교점 C

3 + 1

1 + 3

1 + 3　3 + 1

3 + 1　1 + 3

3 + 1　3 + 1

1 + 3　1 + 3

1 + 3

3 + 1

(태양광선은, 凸렌즈때문에수렴광선이되어한점에있어서혁혁爀爀히빛나고혁혁히불탔다, 태초의요행은무엇보다도대기의층과층이이루는층으로하여금凸렌즈되게하지아니하였던것에있다는것을생각하니약이된다, 기하학은凸렌즈와같은불장난은아닐는지, 유우크리트는사망해버린오늘유우크리트의초점은도처에있어서인문人文의뇌수를마른풀과같이소각하는수렴작용을나열하는것에의하여최대의수렴작용을재촉하는위험을재촉한다, 사람은절망하라, 사람은탄생하라, 사람은탄생하라, 사람은절망하라)

(『조선과건축』, 1931)

선에관한각서 3

1 2 3

1 ● ● ●

2 ● ● ●

3 ● ● ●

3 2 1

3 ● ● ●

2 ● ● ●

1 ● ● ●

$\therefore nPn+=n(n-1)(n-2)\cdots\cdots(n-n+1)$

(뇌수는부채와같이원에까지전개되었다, 그리고완전히회전하였다)

(『조선과건축』, 1931)

선에관한각서 4
(미정고)

탄환이일원도一圓壔를질주했다(탄환이일직선으로질주했다에
있어서의오류등의수정)

정육설탕(각설탕을칭함)

폭통瀑筒의해면질전충塡充(폭포의문학적해설)

(『조선과건축』, 1931)

선에관한각서 5

사람은광선보다도빠르게달아나면사람은광선을보는가, 사람은광선을본다, 연령의진공에있어서두번결혼한다, 세번결혼하는가, 사람은광선보다도빠르게달아나라.

미래로달아나서과거를본다, 과거로달아나서미래를보는가, 미래로달아나는것은과거로달아나는것과동일한것도아니고미래로달아나는것이과거로달아나는것이다. 확대하는우주를우려하는자여, 과거에살으라, 광선보다도빠르게미래로달아나라.

사람은다시한번나를맞이한다, 사람은보다젊은나에게적어도상봉한다, 사람은세번나를맞이한다, 사람은젊은나에게적어도상봉한다, 사람은적의適宜하게기다리라, 그리고파우스트를즐기거라, 메피스트는나에게있는것도아니고나이다.

속도를조절하는날사람은나를모은다. 무수한나는말譚하지아니한다, 무수한과거를경청하는현재를과거로하는것은불원간이다, 자꾸만반복되는과거, 무수한과거를경청하는무수한과거, 현재는오직과거만을인쇄하고과거는현재와일치하는것은그것들의복수의경우에있어서도구별될수없는것이다.

연상은처녀로하라, 과거를현재로알라, 사람은옛것을새것으로아는도다, 건망이여, 영원한망각은망각을모두구한다.

내도來到할나는그때문에무의식중에사람에일치하고사람보다도빠르게나는달아난다, 새로운미래는새로웁게있다, 사람은빠르게달아난다, 사람은광선을드디어선행하고미래에있어서과거를대기한다, 우선사람은하나의나를맞이하라, 사람은전등형全等形에있어서나를죽이라.

사람은전등형의체조의기술을습득하라, 불연不然이라면사람은과거의나의파편을여하히할것인가.

사고의파편을반추하라, 그렇지않으면새로운것은불완전이다, 연상을죽이라, 하나를아는자는셋을아는것을하나를아는것의다음으로하는것을그만두어라, 하나를아는것의다음은하나의것을아는것을하는것을있게하라.
사람은한꺼번에한번을달아나라, 최대한달아나라, 사람은두번분만되기전에××되기전에조상의조상의조상의성운의성운의성운의태초를미래에있어서보는두려움으로하여사람은빠르게달아나는것을유보한다, 사람은달아난다, 빠르게달아나서영원에살고과거를애무하고과거로부터다시그과거에산다, 동심이여, 동심이여, 충족될수야없는영원의동심이여.

(『조선과건축』, 1931)

선에관한각서 6

숫자의방위학

4 4 4 4

숫자의역학

시간성(통속사고에의한역사성)

속도와좌표와속도

4 + 4

4 + 4

4 + 4

4 + 4

etc

사람은정역학靜力學의현상現象하지아니하는것과동일하는것의영원한가설이다, 사람은사람의객관을버리라.

주관의체계의수렴과수렴에의한凹렌즈.

4 제4세世

4 1931년9월12일생.

4 양자핵으로서의양자와양자와의연상과선택.

원자구조로서의일체의운산運算의연구.

방위와구조식과질량으로서의숫자와성상성질에의한해답과해답의분류.

숫자를대수적인것으로하는것에서숫자를숫자적인것으로하는것에서숫자를숫자인것으로하는것에서숫자를숫자인것으로하는것에(1234567890의질환의구명究明과시적인정서의기각처棄却處)

(숫자의일절의성태 숫자의일절의성질 이런것들에의한숫

자의어미의활용에의한숫자의소멸)

수식은광선과광선보다도빠르게달아나는사람과에의하여운산될것.

사람은별—천체—별때문에희생을아끼는것은무의미하다, 별과별과의인력권과인력권과의상쇄에의한가속도함수의변화의조사를우선작성할것.

(『조선과건축』, 1931)

선에관한각서 7

공기구조의속도—음파에의한—속도처럼삼백삼십미—터를모방한다(광선에비할때참너무도열등하구나)

광선을즐기거라, 광선을슬퍼하거라, 광선을웃거라, 광선을울거라.

광선이사람이라면사람은거울이다.

광선을가지라.

———

시각의이름을가지는것은계획의효시이다. 시각의이름을발표하라.

□ 나의이름

△ 나의아내의이름(이미오래된과거에있어서나의 AMOUREUSE는이와같이도총명하니라)

시각의이름의통로는설치하라, 그리고그것에다최대의속도를부여하라.

하늘은시각의이름에대하여서만존재를명백히한다(대표인나는대표인일례를들것)

창공蒼空, 추천秋天, 창천蒼天, 청천靑天, 장천長天, 일천一天, 창궁蒼穹(대단히갑갑한지방색이나아닐는지)하늘은시각의이름을발표했다.

시각의이름은사람과같이영원히살아야하는숫자적인어떤일점이다, 시각의이름은운동하지아니하면서운동의코오스를가질뿐이다.

시각의이름은광선을가지는광선을아니가진다. 사람은시각의이름으로하여광선보다도빠르게달아날필요는없다.

시각의이름들을건망하라.

시각의이름을절약하라.

사람은광선보다빠르게달아나는속도를조절하고때때로과거를미래에있어서도태淘汰하라.

(『조선과건축』, 1931)

5

위독
危篤

烏瞰圖

금제禁制

내가치던개〔狗〕는튼튼하대서모조리실험동물로공양되고그중에서비타민E를지닌개〔狗〕는학구의미급未及과생물다운질투로해서박사에게흠씬얻어맞는다하고싶은말을개짖듯배앝아놓던세월은숨었다. 의과대학허전한마당에우뚝서서나는필사로금제를앓는〔患〕다. 논문에출석한억울한촉루髑髏에는천고에는씨명이없는법이다.

(『조선일보』, 1936)

추구

아내를즐겁게할조건들이틈입하지못하도록나는창호를닫고 밤낮으로꿈자리가사나워서나는가위를눌린다어둠속에서무슨내음새의꼬리를체포하여단서로내집내미답의흔적을추구한다. 아내는외출에서돌아오면방에들어서기전에세수를한다. 담아온여러벌표정을벗어버리는추행이다. 나는드디어한조각독한비누를발견하고그것을내허위뒤에다살짝감춰버렸다. 그리고이번꿈자리를예기한다.

(『조선일보』, 1936)

침몰

죽고싶은마음이칼을찾는다. 칼은날이접혀서펴지지않으니날을노호怒號하는초조가절벽에끊치려든다. 억지로이것을안에떼밀어놓고또간곡히참으면어느결에날이어디를건드렸나보다. 내출혈이빽빽해온다. 그러나피부에상채기를얻을길이없으니악령나갈문이없다. 갇힌자수自殊로하여체중은점점무겁다.

(『조선일보』, 1936)

절벽

꽃이보이지않는다. 꽃이향기롭다. 향기가만개한다. 나는거기 묘혈을판다. 묘혈도보이지않는다. 보이지않는묘혈속에나는 들어앉는다. 나는눕는다. 또꽃이향기롭다. 꽃은보이지않는다. 향기가만개한다. 나는잊어버리고재차거기묘혈을판다. 묘혈은보이지않는다. 보이지않는묘혈로나는꽃을깜빡잊어버리고 들어간다. 나는정말눕는다. 아아. 꽃이또향기롭다. 보이지도 않는꽃이—보이지도않는꽃이.

(『조선일보』, 1936)

백화白畵

내두루마기깃에달린정조貞操뺏지를내어보였더니들어가도좋다고그런다. 들어가도좋다던여인이바로제게좀선명한정조가있으니어떠냔다. 나더러세상에서얼마짜리화폐노릇을하는세음이냐는뜻이다. 나는일부러다홍헝겊을흔들었더니요조窈窕하다던정조가성을낸다. 그러고는칠면조처럼쩔쩔맨다.

(『조선일보』, 1936)

문벌

분총墳塚에계신백골까지가내게혈청의원가상환을강청强請하고있다. 천하에달이밝아서나는오들오들떨면서도처에서들킨다. 당신의인감이이미실효된지오랜줄은꿈에도생각하지않으시나요—하고나는의젓이대꾸를해야겠는데나는이렇게싫은결산의함수를내몸에지닌내도장처럼쉽사리끌러버릴수가참없다.

(『조선일보』, 1936)

위치

중요한위치에서한성격의심술이비극을연역하고있을즈음범위에는타인이없었던가. 한주株―분盆에심은외국어의관목이막돌아서서나가버리려는동기요화물의방법이와있는의자가주저앉아서귀먹은체할때마침내가구두句讀처럼고사이에낑기어들어섰으니나는내책임의맵시를어떻게해보여야하나. 애화哀話가주석註釋됨을따라나는슬퍼할준비라도하노라면나는못견뎌모자를쓰고밖으로나가버렸는데웬사람하나가여기남아내분신分身제출할것을잊어버리고있다.

(『조선일보』, 1936)

매춘買春

기억을맡아보는기관이염천炎天아래생선처럼상해들어가기시
작이다.조삼모사의싸이폰작용. 감정의망쇄.
나를넘어뜨릴피로는오는족족피해야겠지만이런때는대담하
게나서서혼자서도넉넉히자웅보다별것이어야겠다.
탈신脫身, 신발을벗어버린발이허천虛天에서실족한다.

(『조선일보』, 1936)

생애

내두통우에신부의장갑이정초定礎되면서나려앉는다. 써늘한무게때문에내두통이비켜설기력도없다. 나는견디면서여왕봉처럼수동적인맵시를꾸며보인다. 나는이왕이주춧돌밑에서평생이원한이거니와신부의생애를침식하는내음삼陰森한손찌거미를불개아미와함께잊어버리지는않는다. 그래서신부는그날그날까무러치거나웅봉처럼죽고죽고한다. 두통은영원히비켜서는수가없다.

(『조선일보』, 1936)

내부

입안에짠맛이돈다. 혈관으로임리한묵흔墨痕이몰려들어왔나보다. 참회로벗어놓은내구긴피부는백지로도로오고붓지나간자리에피가농져맺혔다. 방대한묵흔의분류奔流는온갖합음이리니분간할길이없고다물은입안에그득찬서언序言이캄캄하다. 생각하는무력이이윽고입을빼겨젖히지못하니심판받으려야진술할길이없고익애溺愛에잠기면버언져멸형하여버린전고典故만이죄업이되어이생리속에영원히기절하려나보다.

(『조선일보』, 1936)

육친

크리스트에혹사酷似한남루한사나이가있으니이이는그의종생과운명까지도내게떠맡기려는사나운마음씨다. 내시시각각에늘어서서한시대나눌변訥辯인트집으로나를위협한다. 은애恩愛—나의착실한경영이늘새파랗게질린다. 나는이육중한크리스트의별신別身을암살하지않고는내문벌과내음모를약탈당할까참걱정이다. 그러나내신선한도망이그끈적끈적한청각을벗어버릴수가없다.

(『조선일보』, 1936)

자상自傷

여기는어느나라의데스마스크다. 데스마스크는도적맞았다는소문도있다. 풀이극북極北에서파과破瓜하지않던이수염은절망을알아차리고생식하지않는다. 천고千古로창천이허방빠져있는함정에유언이비석처럼은근히침몰되어있다. 그러면이곁을생소한손짓발짓의신호가지나가면서무사히스스로워한다. 점잖던내용이이래저래구기기시작이다.

(『조선일보』, 1936)

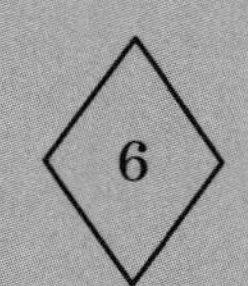

건축무한육면각체

AU MAGASIN DE NOUVEAUTÉS

사각형의내부의사각형의내부의사각형의내부의사각형 의 내부의 사각형.

사각이난원운동의사각이난원운동 의 사각 이 난 원.

비누가통과하는혈관의비눗내를투시하는사람.

지구를모형으로만들어진지구의를모형으로만들어진지구.

거세된양말.(그여인의이름은워어즈였다)

빈혈면포, 당신의얼굴빛깔도참새다리같습네다.

평행사변형대각선방향을추진하는막대한중량.

마르세이유의봄을해람解纜한코티향수가맞이한동양의가을.

쾌청의공중에붕유鵬遊하는Z백호伯號. 회충양약이라고쓰여져있다.

옥상정원. 원후猿猴를흉내내고있는마드모아젤.

만곡된직선을직선으로질주하는낙체공식.

시계문자반盤에XII에내리워진두개의침수된황혼.

도어의내부의도어의내부의조롱鳥籠의내부의카나리아의내부의감살문호의내부의인사

식당의문간에방금도착한자웅과같은붕우가헤어진다.

검정잉크가엎질러진각설탕이삼륜차에적하된다.

명함을짓밟는군용장화. 가구街衢를질구疾驅하는조화造花금련金蓮.

위에서내려오고밑에서올라가고위에서내려오고밑에서올라간사람은밑에서올라가지아니한위에서내려오지아니한밑에서올라가지아니한위에서내려오지아니한사람.

저여자의하반은저남자의상반에흡사하다.(나는애련한해후에애처로워하는나)

사각이난케—스가걷기시작이다.(소름끼치는일이다)

라지에—타의근방에서승천하는꾿빠이.

바깥은우중. 발광어류의군집이동.

(『조선과건축』, 1932)

열하약도 NO. 2(미정고)

1931년의풍운을적적하게말하고있는탱크가조신早晨의대무大霧에적갈색으로녹슬어있다.

객석의기둥의내부. (실험용알콜램프가등불노릇을하고있다)

벨이울린다.

아이가이십년전에사망한온천의재분출을보도한다.

(『조선과건축』, 1932)

진단 0:1

어떤환자의용태에관한문제

1 2 3 4 5 6 7 8 9 0 ●

1 2 3 4 5 6 7 8 9 ● 0

1 2 3 4 5 6 7 8 ● 9 0

1 2 3 4 5 6 7 ● 8 9 0

1 2 3 4 5 6 ● 7 8 9 0

1 2 3 4 5 ● 6 7 8 9 0

1 2 3 4 ● 5 6 7 8 9 0

1 2 3 ● 4 5 6 7 8 9 0

1 2 ● 3 4 5 6 7 8 9 0

1 ● 2 3 4 5 6 7 8 9 0

● 1 2 3 4 5 6 7 8 9 0

진단 0 : 1

26·10·1931

이상以上 책임의사 이상李箱

(『조선과건축』, 1932)

이십이년

전후좌우를제한유일한흔적에있어서

익단불서 翼段不逝 **목대부도** 目大不覩

반왜소형의신의안전에서내가낙상한고사가있다

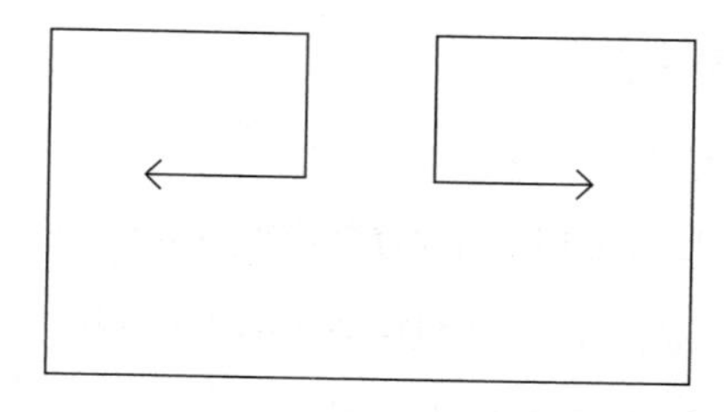

(장부　그것은침수된축사와다를것인가)

(『조선과건축』, 1932)

출판법

I

허위고발이라는죄명이나에게사형을언도하였다. 자태를은닉한증기속에서몸을가누고서나는아스팔트가마를비예睥睨하였다.

—직直에관한전고典古한구절—

기부양양 기자직지其父攘羊 其子直之

나는안다는것을알아가고있었던까닭에알수없었던나에대한집행의중간에서더욱새로운것을아알지아니하면아니되었다.

나는설백으로폭로된골편을주워모으기시작하였다.

「거죽과살은이따가라도붙을것이니라」

박락된고혈에대해서나는단념하지아니하면아니되었다.

II 어느경찰탐정의비밀신문실에서

혐의자로서검거된사나이는지도의인쇄된분뇨를배설하고다시그것을연하嚥下한것에대하여경찰탐정은아는바의하나를아니가진다. 발각당하는일은없는급수성소화작용. 사람들은이것이야말로요술이라말할것이다.

「물론너는광부이니라」

참고로남자의근육의단면은흑요석과같이광채나고있었다

한다.

III 호외號外

자석磁石수축을개시하다

원인극히불명하나대내경제파탄으로인한탈옥사건에관련되는바가농후하다고보임. 사계斯界의요인구수鳩首하고비밀리에연구조사중.

개방된시험관의열쇠는나의손바닥에전등형全等形의운하를굴착하고있다. 미구未久에여과된고혈과같은하수河水가왕양하게흘러들어왔다.

IV

낙엽이창호窓戶를삼투하여나의예복의자개단추를엄호한다.

암살

지형명세明細작업이지금도완료가되지아니한이궁벽의지地에불가사의한우체교통은벌써시행되어있다. 나는불안을절망하였다.

일력의반역적으로나는방향을분실하였다. 나의안정眼睛은냉각된액체를산산散散으로절단하고낙엽의분망을열심으로방조하고있지아니하면아니되었다.

(나의원후류猿猴類에의진화)

(『조선과건축』, 1932)

차且8씨氏의 출발

균열이생긴장가莊稼이녕의지에한대의곤봉을꽂음.

한대는한대대로커짐.

수목이성盛함.

이상꽂는것과성하는것과의원만한융합을가리킴.

사막에성한한대의산호나무곁에서돛과같은사람이산장葬을당하는일을당하는일은없고 심심하게산장葬하는것에의하여자살한다.

만월은비행기보다신선하게공기속을추진하는것의신선이란산호나무의음울한성질을더이상으로증대하는것의이전의것이다.

윤부전지輪不輾地 전개된지구의를앞에두고서의설문일제.

곤봉은사람에게지면을떠나는아크로바티를가르치는데사람은해득하는것은불가능인가.

지구를굴착하라.

동시에

생리작용이가져오는상식을포기하라

열심으로질주하고 또 열심으로질주하고 또 열심으로질주하고 또 열심으로질주하는 사람 은열심으로질주하는 일들을정지한다.

사막보다도정밀한절망은사람을불러세우는무표정한표정의무지한한대의산호나무의사람의발경脖頸의배방背方인전방에상대하는자발적인공구恐懼로부터이지만사람의절망은정밀한것을유지하는성격이다.

지구를굴착하라.

동시에

사람의숙명적발광은곤봉을내어미는것이어라 *

* 사실차8씨는자발적으로발광하였다. 그리하여어느덧차8씨의온실에는은화식물이꽃을피워가지고있었다. 눈물에젖은감광지가태양에마주쳐서는히스므레하게광光을내었다.

(『조선과건축』, 1932)

대낮 —어느ESQUISSE—

○

ELEVATER FOR AMERICA

○

세 마리의닭은사문석의층계이다. 룸펜과모포.

○

삘딩이토해내는신문배달부의무리. 도시계획의암시.

○

둘째번의정오싸이렌.

○

비누거품에씻기워가지고있는닭. 개아미집에모여서콩크리—

트를먹고있다.

○

남자를반나轢挪하는석두石頭.
남자는석두를백정을싫어하듯이싫어한다.

○

얼룩고양이와같은꼴을하고서태양군群의틈사구니를쏘다니는 시인.
꼭끼요—.
　순간 자기磁器와같은태양이다시또한개솟아올랐다.

(『조선과건축』, 1932)

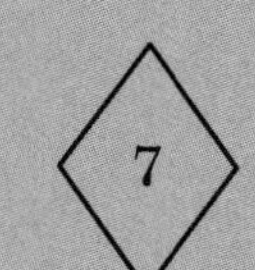

7

무제 無題

이상한가역반응

임의의반경半徑의원圓(과거분사에관한통념)

원내의한점과원외의한점을연결한직선

두종류의존재의시간적영향성
(우리들은이것에관하여무관심하다)

직선은원을살해하였는가

현미경
그밑에있어서는인공도자연과다름없이현상現象되었다.

×

같은날의오후
물론태양이존재하여있지아니하면아니될처소에존재하여있었을뿐만아니라그렇게하지아니하면아니될보조步調를미화하는일까지도하지아니하고있었다.

발달하지도아니하고발전하지도아니하고
이것은분노이다.

철책밖의백白대리석건축물이웅장하게서있었다
진진眞眞5″의각角바아의나열에서
육체에대한처분법을센티멘탈리즘하였다.

목적이있지아니하였더니만큼 냉정하였다

태양이땀에젖은잔등을내려쬐었을때
그림자는잔등전방에있었다

사람은말하였다
「저변비증환자는저부잣집으로식염을얻으러들어가고자희망
하고있는것이다」
라고
……………………

(『조선과건축』, 1931)

파편의 경치—
△은나의AMOUREUSE이다

나는하는수없이울었다.

전등이담배를피웠다
▽은1/W이다

×

▽이여! 나는괴롭다

나는유희한다
▽의슬립퍼어는과자와같지아니하다
어떠하게나는울어야할것인가

×

쓸쓸한들판을생각하고
쓸쓸한눈나리는날을생각하고
나의피부를생각하지아니한다

기억에대하여나는강체剛體이다

정말로

「같이노래부르세요」

하면서나의무릎을때렸을터인일에대하여

▽은나의꿈이다

스틱크! 자네는쓸쓸하며유명하다

어찌할것인가

×

마침내▽을매장한설경雪景이었다

(『조선과건축』, 1931)

▽의 유희—
△은나의AMOUREUSE이다

종이로만든배암이종이로만든배암이라고하면
▽은 배암이다

▽은춤을추었다

▽의웃음을웃는것은파격이어서우스웠다

슬립퍼어가땅에서떨어지지아니하는것은너무나소름끼치는
일이다
▽의눈은동면冬眠이다
▽은전등을삼등태양인줄안다

×

▽은어디로갔느냐

여기는굴뚝꼭대기냐

나의호흡은평상적이다

그러한데탕그스텐은무엇이냐

(그무엇도아니다)

굴곡한직선

그것은백금과반사계수가상호동등하다

▽은테에블밑에숨었느냐

×

1

2

3

3은공배수의정벌로향하였다

전보는아직오지아니하였다

(『조선과건축』, 1931)

수염—

(수·수·그밖에수염일수있는것들·모두를이름)

1

눈이존재하여있지아니하면아니될처소는삼림인웃음이존재하여있었다

2

홍당무

3

아메리카의유령은수족관이지만대단大端히유려하다
그것은음울하기도한것이다

4

계류溪流에서—
건조한식물성이다
가을

5

일소대의군인이동서의방향으로전진하였다고하는것은
무의미한일이아니면아니된다
운동장이파열하고균열할따름이니까

6

삼심원三心圓

7

조粟를그득넣은밀가루포대
간단한수유須臾의월야이었다

8

언제나도둑질할것만을계획하고있었다
그렇지는아니하였다고한다면적어도구걸이기는하였다

9

소疎한것은밀密한것의상대이며또한
평범한것은비범한것의상대이었다
나의신경은창녀보다도더욱정숙한처녀를원하고있었다

10

말(馬)—
땀(汗)—

×

여余, 사무事務로써산보로하여도무방하도다
여余, 하늘의푸르름에지쳤노라이같이폐쇄주의로다

(『조선과건축』, 1931)

BOITEUX·BOITEUSE

긴것

짧은것

열십자

×

그러나 CROSS에는기름이묻어있었다

추락

부득이한평행

물리적으로아펐었다
(이상평면기하학)

×

오렌지

대포

포복

×

만약자네가중상을입었다할지라도피를흘리었다고
한다면참멋적은일이다

오—

침묵을타박하여주면좋겠다
침묵을여하히타박하여나는홍수와같이소란할것인가
침묵은침묵이냐

메쓰를갖지아니하였다하여의사일수없을것일까

천체를잡아찢는다면소리쯤은나겠지

나의보조步調는계속된다
언제까지도나는시체이고자하면서시체이지아니할것인가

(『조선과건축』, 1931)

공복—

바른손에과자봉지가없다 고해서

왼손에쥐어져있는과자봉지를찾으려지금막온길을오리나
되돌아갔다

×

이손은화석이되었다

이손은이제는이미아무것도소유하고싶지도않다소유한물
건의소유된것을느끼기조차하지아니한다

×

지금떨어지고있는것이눈雪이라고한다면지금떨어진내눈
물은눈雪이어야할것이다

나의내면과외면과

이건件의계통인모든중간들은지독히춥다

좌 우

이양측의손들이상대방의의리를저버리고두번다시악수하는일은없이

곤란한노동만이가로놓여있는이정돈하여가지아니하면아니될길에있어서독립을고집하는것이기는하나

추우리로다
추우리로다

×

누구는나를가리켜고독하다고하느냐
이군웅할거群雄割據를보라
이전쟁을보라

×

나는그들의알력의발열의한복판에서혼수昏睡한다
심심한세월이흐르고나는눈을떠본즉
시체도증발한다음의고요한월야를나는상상한다

천진한촌락의축견들아 짖지말게나
내체온은적당스럽거니와

내희망은감미로웁다

(『조선과건축』, 1931)

명경明鏡

여기 한페—지 거울이있으니
잊은계절에서는
얹은머리가 폭포처럼내리우고

울어도 젖지않고
맞대고 웃어도 휘지않고
장미처럼 착착 접힌
귀
들여다보아도 들여다 보아도
조용한세상이 맑기만하고
코로는 피로한 향기가 오지 않는다.

만적 만적하는대로 수심愁心이평행하는
부러 그러는것같은 거절
우편으로 옮겨앉은 심장일망정 고동이
없으란법 없으니

설마 그러랴? 어디 촉진觸診……
하고 손이갈때 지문이지문을 가로막으며

선뜩하는 차단뿐이다.

오월이면 하루 한번이고
열번이고 외출하고 싶어하더니
나갔던길에 안돌아오는수도있는법

거울이 책장같으면 한장 넘겨서
맞섰던 계절을 만나련만
여기있는 한페—지
거울은 페—지의 그냥표지—

(『여성』, 1936)

1933, 6, 1

천칭우에서 삼십년동안이나 살아온사람 (어떤과학자) 삼십만개나넘는 별을 다헤어놓고만 사람 (역시) 인간칠십 아니이십사년동안이나 뻔뻔히살아온 사람 (나)
나는 그날 나의자서전에 자필의부고를 삽입하였다 이후나의육신은 그런고향에는있지않았다 나는 자신나의시詩가 차압당하는꼴을 목도하기는 차마 어려웠기때문에.

(『가톨닉청년』, 1933)

꽃나무

벌판한복판에 꽃나무하나가있소 근처에는 꽃나무가하나도없소 꽃나무는제가생각하는꽃나무를 열심으로생각하는것처럼 열심으로꽃을피워가지고섰소. 꽃나무는제가생각하는꽃나무에게갈수없소 나는막달아났소 한꽃나무를위하여 그러는것처럼 나는참그런이상스런흉내를내었소

(『가톨닉청년』, 1933)

이런시詩

역사를하노라고 땅을파다가 커다란돌을하나 끄집어내어놓고보니 도무지어디서인가 본듯한생각이들게 모양이생겼는데 목도들이 그것을메고나가더니 어디다갖다버리고온모양이길래 쫓아나가보니 위험하기짝이없는큰길가더라.

그날밤에 한소나기하였으니 필시그돌이깨끗이씻겼을터인데 그이튿날가보니까 변괴로다 간데온데없더라. 어떤돌이와서 그돌을업어갔을까 나는참이런처량한생각에서아래와같은 작문을지었도다.

「내가 그다지 사랑하던 그대여 내한평생에 차마 그대를 잊을수없소이다. 내차례에 못올사랑인줄은 알면서도 나혼자는 꾸준히생각하리다. 자그러면 내내어여쁘소서」

어떤돌이 내얼굴을 물끄러미 치어다보는것만같아서 이런시는 그만찢어버리고싶더라.

(『가톨닉청년』, 1933)

거울

거울속에는소리가없소

저렇게까지조용한세상은참없을것이오

◇

거울속에도 내게 귀가있소

내말을못알아듣는딱한귀가두개나있소

◇

거울속의나는왼손잡이오

내악수를받을줄모르는—악수를모르는왼손잡이오

◇

거울때문에나는거울속의나를만져보지못하는구료마는

거울아니었던들내가어찌거울속의나를만나보기만이라도했

겠소

◇

나는지금거울을안가졌소마는거울속에는늘거울속의내가있소

잘은모르지만외로된사업에골몰할게요

◇

거울속의나는참나와는반대요마는

또꽤닮았소

나는거울속의나를근심하고진찰할수없으니퍽섭섭하오

(『가톨닉청년』, 1933)

무제無題

내 마음에 크기는 한개 궐련 기러기만하다고 그렇게보고,
처심處心은 숯제 성냥을 그어 궐련을 붙여서는
숯제 내게 자살을 권유하는도다.
내 마음은 과연 바지작 바지작 타들어가고 타는대로 작아가고,
한개 궐련 불이 손가락에 옮겨 붙으렬적에
과연 나는 내 마음의 공동空洞에 마지막 재가 떨어지는 부드러운 음향을 들었더니라.

처심은 재떨이를 버리듯이 대문 밖으로 나를 쫓고,
완전한 공허를 시험하듯이 한마디 노크를 내 옷깃에남기고
그리고 조인調印이 끝난듯이 빗장을 미끄러뜨리는 소리
여러번 굽은 골목이 당장 이 좌우 못 보는 내 아픈 마음에 부딪쳐
달은 밝은데
그 때부터 가까운 길을 일부러 멀리 걷는 버릇을 배웠 드니라.

(『맥』, 1938)

지비紙碑

내키는커서다리는길고왼다리아프고아내키는작아서다리는
짧고바른다리가아프니내바른다리와아내왼다리와성한다리
끼리한사람처럼걸어가면아아이부부는부축할수없는절름발
이가되어버린다무사한세상이병원이고꼭치료를기다리는무
병無病이끝끝내있다

(『조선중앙일보』, 1935)

지비紙碑
—어디갔는지모르는아내—

○ 지비 1

아내는 아침이면 외출한다 그날에 해당한 한남자를 속이려 가는것이다. 순서야 바뀌어도 하루에한남자이상은 대우하지 않는다고 아내는말한다 오늘이야말로 정말돌아오지않으려나 보다하고 내가 완전히 절망하고나면 화장은있고 인상은없는 얼굴로 아내는 형용처럼 간단히돌아온다 나는 물어보면 아내는 모두솔직히 이야기한다 나는 아내의일기에 만일 아내가나를 속이려들었을때 함직한속기速記를 남편된자격밖에서 민첩하게대서代書한다.

○ 지비 2

아내는 정말 조류였던가보다 아내가 그렇게 수척하고 거벼워졌는데도 날으지못한것은 그손가락에 낑기웠던 반지때문이다 오후에는 늘 분을바를때 벽한겹걸러서 나는 조롱鳥籠을 느낀다 얼마안가서 없어질때까지 그 파르스레한주둥이로 한번도 쌀알을 쪼으려들지않았다 또 가끔 미닫이를열고 창공을 쳐다보면서도 고운목소리로 지저귀려들지않았다 아내는 날을줄과 죽을줄이나 알았지 지상에 발자죽을 남기지않았다 비밀한발은 늘버선신고 남에 안보이다가 어느날 정말 아내는 없어졌다 그제야 처음방안에 조분내음새가 풍기고 날개퍼덕이던 상처가 도배위에 은근하다 헤뜨러진 깃부스러기를 쓸어모으면서 나는 세상에도 이상스러운것을 얻었다 산탄散彈 아아아내는 조류이면서 염체 닷과같은쇠를삼켰더라그리고 주저앉았었더라 산탄은 녹슬었고 솜털내음새도 나고 천근무게더라 아아

○ 지비 3

이방에는 문패가없다 개는이번에는 저쪽을 향하여짖는다 조소와같이 아내의벗어놓은 버선이 나같은공복을표정하면서 곧걸어갈것같다 나는 이방을 첩첩이닫치고 출타한다 그제야 개는 이쪽을향하여 마지막으로 슬프게 짖는다

(『중앙』, 1936)

•소素•영榮•위爲•제題•

1

달빛속에있는네얼굴앞에서내얼굴은한장얇은피부가되어너를칭찬하는내말씀이발음하지아니하고미닫이를간지르는한숨처럼동백꽃밭내음새지니고있는네머리털속으로기어들면서모심드키내설움을하나하나심어가네나

2

진흙밭헤매일적에네구두뒤축이눌러놓는자욱에비내려가득고였으니이는온갖네거짓말네농담에한없이고단한이설움을곡哭으로울기전에따에놓아하늘에부어놓는내억울한술잔네발자욱이진흙밭을헤매이며헤뜨려놓음이냐

3

달빛이내등에묻은거적자죽에앉으면내그림자에는실고추같은피가아물거리고대신혈관에는달빛에놀래인냉수가방울방울젖기로니너는내벽돌을씹어삼킨원통하게배고파이지러진

헝겊심장을들여다보면서어항이라하느냐

(『중앙』, 1934)

무제

선행하는분망을싣고 전차의앞창은

내투사透思를막는데

출분한아내의 귀가를알리는「페리오드」의 대단원이었다.

너는어찌하여 네소행을 지도에없는 지리에두고

화판떨어진 줄거리 모양으로향료와 암호만을 휴대하고돌아

왔음이냐.

시계를보면 아무리하여도 일치하는 시일을 유인할수없고

내것 아닌지문이 그득한네육체가 무슨 조문條文을 내게구형

하겠느냐

그러나 이곳에출구와 입구가늘개방된 네사사로운 휴게실이

있으니 내가분망중에라도 네거짓말을 적은지편紙片을「데스

크」우에 놓아라.

(『맥』, 1938)

파첩破帖

1

우아한여적女賊이 내뒤를밟는다고 상상하라
내문 빗장을 내가지르는소리는내심두心頭의동결하는녹음錄音이거나 그「겹」이거나…………
—무정하구나—
등불이 침침하니까 여적 유백의나체가 참 매력있는오예汚穢—가아니면건정乾淨이다

2

시가전이끝난도시 보도步道에「마麻」가어지럽다 당도黨道의명을받들고월광이 이「마」어지러운우에 먹을 즐느리라
(색이여 보호색이거라) 나는 이런일을흉내내어 껄껄 껄

3

인민이 퍽죽은모양인데거의망해를남기지않았다 처참한포화가 은근히습기를부른다 그런다음에는 세상것이발아치않는다

그러고는야음이야음에계속된다
후猴는 드디어 깊은수면에빠졌다 공기는유백으로화장되고
나는?
사람의시체를밟고집으로돌아오는길에 피부면에털이솟았다
멀리 내뒤에서 내독서소리가들려왔다

4

이 수도의폐허에 왜체신遞信이있나
응? (조용합시다 할머니의하문입니다)

5

쉬—트우에 내희박한윤곽이찍혔다 이런두개골에는해부도가
참가하지않는다
내정면은가을이다 단풍근방에투명한홍수가침전한다
수면睡眠뒤에는손가락끝이농황濃黃의소변으로 차겁더니 기어
방울이져서떨어졌다

6

건너다보이는이층에서대륙계집이들창을닫아버린다 닫기전
에 침을뱉알았다

마치 내게사격하듯이…………

실내에전개될생각하고 나는질투한다 상기上氣한사지를벽에
기대어 그 침을 들여다보면 음란한
외국어가허고많은세細
균菌처럼 꿈틀거린다
나는 홀로 규방에병신病身을기른다 병신은가끔질식하고 혈순血循이여기저기서망설거린다

7

단추를감춘다 남보는데서「싸인」을하지말고…………어디 어디 암살이 부엉이처럼 드새는지—누구든지모른다

8

…………보도步道「마이크로폰」은 마지막 발전發電을 마쳤다
야음을발굴하는월광—
사체는 잃어버린체온보다훨씬차다 회신灰燼우에 서리가나렸건만…………

별안간 파상波狀철판이넘어졌다 완고한음향에는여운도없다
그밑에서 늙은 의원議員과 늙은 교수가 번차례로강연한다
「무엇이 무엇과 와야만되느냐」

이들의상판은 개개 이들의선배상판을닮았다
오유烏有된역구내에화물차가 우뚝하다 향하고있다

9

상장喪章을붙인암호인가 전류우에올라앉아서 사멸의「가나안」을지시한다
도시의 붕락은 아—풍설風說보다빠르다

10

시청은법전을감추고 산란한 처분을거절하였다
「콩크리—토」전원에는 초근목피도없다 물체의음영에생리生理가없다
—고독한기술사「카인」은도시관문에서인력거를나리고 항용이거리를완보하리라.

(『자오선』, 1937)

정식正式

정식

I

해저에가라앉는한개닻처럼소도小刀가그구간軀幹속에멸형하여버리더라완전히닳아없어졌을때완전히사망한한개소도가위치에유기되어있더라

정식

II

나의그알지못할험상궂은사람과나란히앉아뒤를보고있으면기상氣象은다몰수되어없고선조가느끼던시사時事의증거가최후의철의성질로두사람의교제를금하고있고가졌던농담의마지막순서를내어버리는이정돈停頓한암흑가운데의분발은참비밀이다그러나오직그알지못할험상궂은사람은나의이런노력의기색을어떻게살펴알았는지그때문에그사람이아무것도모른다하여도나는또그때문에억지로근심하여야하고지상맨

끝정리整理인데도깨끗이마음놓기참어렵다

정식

III

웃을수있는시간을가진표본두개골에근육이없다

정식

IV

너는누구냐그러나문밖에와서문을뚜드리며문을열라고외치니나를찾는일심一心이아니고또내가너를도무지모른다고한들나는차마그대로내어버려둘수는없어서문을열어주려하나문은안으로만고리가걸린것이아니라밖으로도너는모르게잠겨있으니안에서만열어주면무엇을하느냐너는누구기에구태여닫힌문앞에탄생하였느냐

정식

V

키가크고유쾌한수목이키작은자식을낳았다궤조가평편한곳에풍매식물의종자가떨어지지만냉담冷膽한배척이한결같아관목은초엽草葉으로쇠약하고초목은하향하고그밑에서청사靑蛇는점점수척하여가고땀이흐르고머지않은곳에서수은이흔들리고숨어흐르는수맥에말뚝박는소리가들렸다

정식

VI

시계가뻐꾸기처럼뻐꾹거리길래쳐다보니목조뻐꾸기하나가와서모으로앉는다그럼저게울었을리도없고제법울까싶지도못하고그럼아까운뻐꾸기는날아갔나

(『가톨닉청년』, 1935)

가외가전街外街傳

훤조때문에마멸되는 몸이다. 모두소년이라고들그러는데노야老爺인기색氣色이많다. 혹형에씻기워서산반算盤알처럼자격너머로튀어오르기쉽다. 그러니까육교위에서또하나의편안한대륙을내려다보고근근이산다. 동갑네가시시거리며떼를지어답교한다. 그렇지않아도육교는또월광으로충분히천칭처럼제무게에끄덱인다. 타인의그림자는위선넓다. 미미한그림자들이얼떨김에모조리앉아버린다. 앵도가진다. 종자도연멸한다. 정탐도흐지부지—있어야옳을박수가어째서없느냐. 아마아버지를반역한가싶다. 묵묵히—기도企圖를봉쇄한체하고말을하면사투리다. 아니—이무언이훤조의사투리리라. 쏟으려는노릇—날카로운신단身端이싱싱한육교그중심한구석을진단하듯어루만지기만한다. 나날이썩으면서가리키는지향으로기적奇蹟히골목이뚫렸다. 썩는것들이낙차나며골목으로몰린다. 골목안에는치사侈奢스러워보이는문이있다. 문안에는금니가있다. 금니안에는추잡한혀가달린폐환이있다. 오—오—. 들어가면나오지못하는타입깊이가장부臟腑를닮는다. 그위로짝바뀐구두가비철거린다. 어느균이어느아랫배를앓게하는것이다. 질다.

반추한다. 노파니까. 맞은편평활한유리위에해소된정체正體를도포한졸음오는혜택이뜬다. 꿈—꿈—꿈을짓밟는허망한노역—이세기의곤비와살기가바둑판처럼널리깔렸다. 먹어야사는입술이악의로꾸긴진창위에서슬며시식사흉내를낸다. 아들—여러아들—노파의결혼을걷어차는여러아들의육중한구두—구두바닥의징이다.

층단을몇번이고아래로내려가면갈수록우물이드물다. 좀지각해서는텁텁한바람이불고—하면학생들의지도가요일마다채색을고친다. 객지에서도리없이다수굿하던지붕들이어물어물한다. 즉이취락은바로여드름돋는계절이래서으쓱거리다잠꼬대위에더운물을붓기도한다. 갈渴—이갈 때문에견디지못하겠다.

태고의호수바탕이던지적地積이짜다. 막을버틴기둥이습해들어온다. 구름이근경에오지않고오락없는공기속에서가끔편도선들을앓는다. 화폐의스캔달—발처럼생긴손이염치없이노파의통고痛苦하는손을잡는다.

눈에띄우지않는폭군이잠입하였다는소문이있다. 아기들이번번이애총이되고되고한다. 어디로피해야저어른구두와어른구두가맞부딪는꼴을안볼수있으랴. 한창급한시각이면가가호호들이한데어우러져서멀리포성과시반屍斑이제법은은하다.

여기있는것들은모두가그방대한방을쓸어생긴답답한쓰레기다.낙뢰심한그방대한방안에는어디로선가질식한비둘기만한까마귀한마리가날아들어왔다. 그러니까강하던것들이역마疫馬잡듯픽픽쓰러지면서방은금시폭발할만큼정결하다. 반대로여기있는것들은통요사이의쓰레기다.

간다.「손자孫子」도탑재한객차가방을피하나보다. 속기를펴놓은상궤床几위에알뜰한접시가있고접시위에삶은계란한개—포-크로터뜨린노란자위겨드랑에서난데없이부화하는훈장형조류—푸드덕거리는바람에방안지가찢어지고빙원위에좌표잃은부첩符牒떼가난무한다. 궐련에피가묻고그날밤에유곽도탔다. 번식한고거짓천사들이하늘을가리고온대로건넌다. 그러나여기있는것들은뜨뜻해지면서한꺼번에들떠든다. 방대한방은속으로곪아서벽지가가렵다. 쓰레기가막붙는다.

(『시와 소설』, 1936)

보통기념

시가市街에 전화戰火가일어나기전
역시나는 '뉴턴'이 가르치는 물리학에는 퍽무지無智하였다

나는 거리를 걸었고 점두店頭에 평과苹果 산을보면은매일같이
물리학에 낙제하는 뇌수腦髓에피가묻은것처럼자그만하다

계집을 신용치않는나를 계집은 절대로 신용하려들지 않는다
나의말이 계집에게 낙체落體운동으로 영향되는일이없었다

계집은 늘내말을 눈으로들었다 내말한마디가 계집의눈자위
에 떨어져 본적이없다

기어코 시가에는 전화가일어났다 나는 오래 계집을잊었었다
내가 나를 버렸던까닭이었다

주제도 더러웠다 때끼인 손톱은길었다
무위無爲한일월日月을 피난소에서 이런일 저런일
'우라까에시'(이반裏返) 재봉裁縫에 골몰하였느니라

종이로 만든 푸른솔잎가지에 또한 종이로 만든흰학동체鶴胴體한개가 서있다 쓸쓸하다

화로火炉가햇볕같이 밝은데는 열대熱帶의 봄처럼 부드럽다 그 한구석에서 나는지구의 공전일주公轉一週를 기념할줄을 다알았더라

(『월간매신』, 1934)

청령蜻蛉

건드리면손끝에묻을듯이빨간봉선화
너울너울하마날아오를듯하얀봉선화
그리고어느틈엔가남으로고개를돌리는듯한일편단심의해바라기—
이런꽃으로꾸며졌다는고흐의무덤은참얼마나아름다우리까.

산은한낮에바라보아도
비에젖은듯보얗습니다.

포푸라는마을의지표指標와도같이
실바람에도그뽑은듯헌출한키를
포물선으로굽혀가면서진공과같이마알간대기속에서
원경遠景을축소하고있습니다.

몸과나래도가벼운듯이잠자리가활동活動입니다.
헌데그것은과연날고있는걸까요.
흡사진공속에서라도날을법한데
혹누가눈에보이지않는줄을이리저리당기는것이나아니겠나요.

(『젖빛구름』, 1940)

목장

송아지는 저마다
먼산바라기

할 말이 있는데도
고개 숙이고
입을 다물고

새김질 싸각싸각
하다 멈추다

그래도 어머니가
못잊어라고
못잊어라고

가다가 엄매—
놀다가도 엄매—

산에 둥실
구름이가고

구름이오고

송아지는 영 영

먼산바라기

(『가톨릭소년』, 1936)

I WED A TOY BRIDE

1 밤

장난감신부살결에서 이따금 우유내음새가 나기도 한다. 머(ㄹ)지아니하여 아기를낳으려나보다. 촉불을끄고 나는 장난감신부귀에다대이고 꾸지람처럼 속삭여본다.

"그대는 꼭 갓난아기와 같다."고.............

장난감신부는 어둔데도 성을내이고대답한다.

"목장까지 산보갔다왔답니다."

장난감신부는 낮에 색색이풍경을암송暗誦해가지고온것인지도모른다.

내수첩手帖처럼 내가슴안에서 따근따근하다. 이렇게 영양분營養分내를 코로맡기만하니까 나는 자꾸 수척해간다.

2 밤

장난감신부에게 내가 바늘을주면 장난감신부는 아무것이나 막 찌른다. 일력日曆. 시집. 시계. 또 내몸 내 경험이들어앉아있음직한곳.

이것은 장난감신부마음속에 가시가 돋아있는증거다. 즉 장미

꽃 처럼...............

내 거벼운무장武裝에서 피가좀난다. 나는 이 상傷채기를고치기위하여 날만어두면 어둔속에서 싱싱한밀감蜜柑을먹는다. 몸에 반지밖에가지지않은 장난감신부는 어둠을 커—튼열듯하면서 나를찾는다. 얼른 나는 들킨다. 반지가살에닿는것을 나는 바늘로잘못알고 아파한다.

촉불을켜고 장난감신부가 밀감을찾는다.

나는 아파하지않고 모른체한다.

(『삼사문학』, 1936)

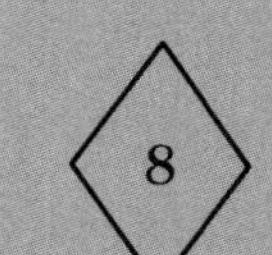

8 미발표 유고

척각隻脚

목발의길이도세월과더불어점점길어져갔다.

신어보지도못한채산적해가는외짝구두의수효를보면슬프게걸어온거리가짐작되었다.

종시終始제자신은지상의수목의다음가는것이라고생각하였다.

거리

—여인이 출분出奔한 경우—

백지위에한줄기철로가깔려있다. 이것은식어들어가는마음의도해圖解다. 나는매일허위를담은전보를발신한다. 명조도착이라고. 또나는나의일용품을매일소포로발송하였다. 나의생활은이런재해지를닮은거리에점점낯익어갔다.

수인囚人이 만들은 소정원

이슬을아알지못하는다―리야하고바다를알지못하는금붕어하고가수繡놓여져있다. 수인이만들은소정원이다. 구름은어이하여방속으로야들어오지아니하는가. 이슬은들창유리에닿아벌써울고있을뿐.

계절의순서도끝남이로다. 주판알의고저高低는여비와일치하지아니한다. 죄를내어버리고싶다. 죄를내어던지고싶다.

육친肉親의 장章

나는24세. 어머니는바로이낫새에나를낳은것이다. 성쎄바스티앙과같이아름다운동생·로오자룩셈불크의목상木像을닮은막내누이·어머니는우리들삼인三人에게잉태분만의고락을말해주었다. 나는삼인을대표하여—드디어—

어머니 우린 좀더형제가있었음싶었답니다

—드디어어머니는동생버금으로잉태하자육개월로서유산한전말을고했다.

그녀석은 사내댔는데 올에는19 (어머니의 한숨)

삼인은서로들아알지못하는형제의환영을그려보았다. 이만큼이나컸지—하고형용形容하는어머니의팔목과주먹은수척하였다. 두번씩이나객혈을한내가냉청冷淸을극極하고있는가족을위하여빨리아내를맞아야겠다고초조하는마음이었다. 나는24세 나도어머니가나를낳으드시키무엇인가를낳아야겠다고생각하는것이었다.

내과

—자가용복음自家用福音—

—혹은 엘리엘리라마싸박다니—

하이한천사 이수염난천사는큐피드의조부님이다.
수염이전연(?)나지아니하는천사하고흔히결혼하기도한다.

니의늑골은2떠—즈(ㄴ). 그하나하나에노크하여본다. 그속에서는해면海綿에젖은더운물이끓고있다. 하이한천사의펜네임은성聖피—타—라고. 고무의전선電線 똑똑똑똑
버글버글 열쇠구멍으로도청.

(발신) 유다야사람의임금님 주무시나요?

(반신) 찌—따찌—따따찌—찌—(1) 찌—따찌—따따찌—찌—(2) 찌—따찌—따따찌—찌—(3)

흰뺑끼로칠한십자가에서내가점점키가커진다. 성聖피—타—군君이나에게세번씩이나아알지못한다고그린다. 순간 닭이활개를친다……

어엌 크 더운물을 엎질러서야 큰일 날 노릇—

골편骨片에 관한 무제

신통하게도혈홍血紅으로염색되지아니하고하이얀대로

뻥끼를칠한사과를톱으로쪼갠즉속살은하이얀대로

하느님도역시뻥끼칠한세공품을좋아하시지—사과가아무리빨갛더라도속살은역시하이얀대로. 하느님은이걸가지고인간을살작속이겠다고.

묵죽墨竹을사진촬영해서원판을햇볕에비쳐보구료— 골격과같다.

두개골은석류같고 아니 석류의음화陰畫가두개골같다(?)

여보오 산사람골편을보신일있수? 수술대에서— 그건죽은거야요 살아있는골편을보신일있수? 이빨! 어마나— 이빨두그래골편일까요. 그렇담손톱두골편이게요?

난인간만은식물植物이라고생각됩니다.

가구街衢의추위

—1933, 2월17일의실내의건件—

네온사인은쌕스폰과같이수척하여있다.

파릿한정맥을절단하니샛빨간동맥이었다.

—그것은파릿한동맥이었기때문이다—

—아니! 샛빨간동맥이라도저렇게피부에매몰되어있는한……

보라! 네온사인인들저렇게가만—히있는것같어보여도기실其實은부단히네온가스가흐르고있는게란다.

—폐병쟁이가쌕스폰을불었더니위험한혈액이검온계檢溫計와같이

—기실은부단히수명이흐르고있는게란다

아침

아내는낙타를닮아서편지를삼킨채로죽어가나보다. 벌써나는그것을읽어버리고있다. 아내는그것을아알지못하는것인가. 오전열시전등을끄려고한다. 아내가만류한다. 꿈이부상浮上되어있는것이다. 석달동안아내는회답을쓰고자하여상금尙今써놓지는못하고있다. 한장얇은접시를닮아아내의표정은창백하게수척하여있다. 나는외출하지아니하면아니된다. 나에게부탁하면된다. 자네애인愛人을불러줌세 아드레스도알고있다네

최후最後

사과한알이떨어졌다. 지구는부서질그런정도로아펐다. 최후.
이미여하如何한정신도발아發芽하지아니한다.

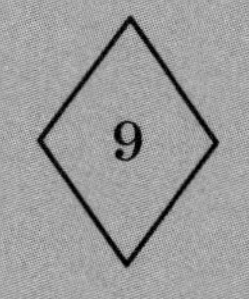

9 기타시

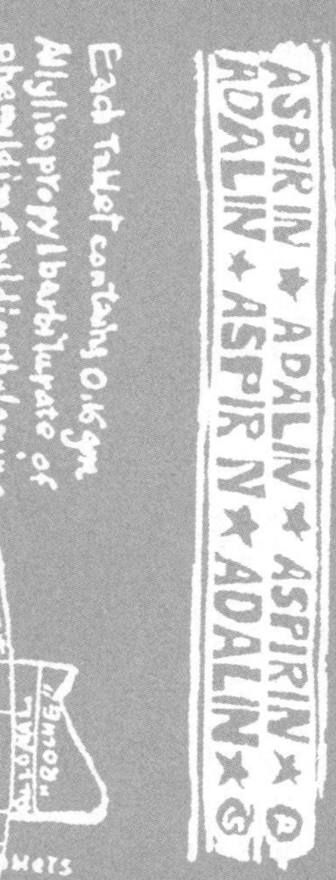

개날

鳥瞰圖

한 개의 밤

여울에서는도도한소리를치며
비류강이흐르고있다.
그수면에아른아른한자색층이어린다.

십이봉봉우리로차단되어
내가서성거리는훨씬후력까지도이미황혼이깃들어있다
으스름한대기를누벼가듯이
지하로지하로숨어버리는하류는검으틱틱한게퍽은싸늘하구나.

십이봉사이로는
빨갛게물든노을이바라보이고

종이울린다.

불행이여
지금강변에황혼의그늘
땅을길게뒤덮고도 오히려남을손불행이여
소리날세라신방에창장을치듯
눈을감는자나는 보잘것없이낙백한사람.

이젠아주어두워들어왔구나

십이봉사이사이로

하마별이하나둘모여들기시작아닐까

나는그것을보려고하지않았을뿐

차라리초원의어느일점을응시한다.

문을닫은것처럼캄캄한색을띠운채

이제비류강은무겁게도도사려앉는것같고

내육신도천근

주체할도리가없다.

(『젖빛구름』, 1940)

회환의 장

가장 무력한 사내가 되기 위해 나는 얼금뱅이었다
세상에 한 여성조차 나를 돌아보지는 않는다
나의 나태는 안심이다

양팔을 자르고 나의 직무를 회피한다
이제는 나에게 일을 하라는 자는 없다
내가 무서워하는 지배자는 어디서도 찾아 볼 수 없다

역사는 무거운 짐이다
세상에 대한 사표 쓰기란 더욱 무거운 짐이다
나는 나의 문자들을 가둬버렸다
도서관에서 온 소환장을 이제 난 읽지 못한다

나는 이젠 세상에 맞지 않는 옷이다
봉분보다도 나의 의무는 적다
나에게 그 무엇을 이해해야 하는 고통은 완전히 사그라져버렸다

나는 아무때문도 보지는 않는다

그렇기 때문에 나는 아무것에게도 또한 보이지 않을 게다

처음으로 나는 완전히 비겁해지기에 성공한 셈이다

각혈의 아침

사과는 깨끗하고 또 춥고 해서 사과를 먹으면 시려워진다
어째서 그렇게 냉랭한지 책상위에서 하루 종일 색깔을 변치
아니한다
차차로— 둘이 다 시들어 간다

먼 사람이 그대로 커다랗다 아니 가까운 사람이 그대로 자그
마하다
아니 어느 쪽도 아니다 나는 그 어느 누구와도 알지 못하니 말
이다
아니 그들의 어느 하나도 나를 알지 못하니 말이다
아니 그 어느쪽도 아니다(레일을 타면 전차는 어디라도 갈수
있다)

담배연기의 한 무더기 그 실내에서 나는 긋지 아니한 성냥을
몇개비고
부러뜨렸다. 그 실내의 연기의 한 무더기 점화되어 나만 남기고
잘도 타나 보다 잉크는 축축하다 연필로 아무렇게나 시커먼
면을 그리면
연필은 종이 위에 흩어진다

레코오드 고랑을 사람이 달린다 거꾸로 달리는 불행한 사람은
나 같기도 하다 멀어지는 음악 소리를 바쁘게 듣고 있나 보다
발을 덮는 여자 구두가 가래를 밟는다 땅에서 빈곤이 묻어
온다
받아 써서 통념해야 할 암호 쓸쓸한 초롱불과 우체통 사람들이
수명을 거느리고 멀어져 가는 것이 보인다 그리고 나의 뱃속엔
통신이 잠겨 있다
새장속에서 지저귀는 새 나는 코 속 털을 잡아 뽑는다
밤 소란한 정적 속에서 미래에 실린 기억이 종이처럼 뒤엎어
진다
벌써 나는 내 몸을 볼 수 없다 푸른 하늘이 새장 속에 있는 것
같이
멀리서 가위가 손가락을 연신 연방 잘라간다
검고 가느다란 무게가 내 눈구멍에 넘쳐왔는데 나는 그림자
와 서로
껴안는 나의 몸뚱이를 똑똑히 볼 수 있었다
알맹이까지 빨간 사과가 먹고 싶다는 둥
피가 물들기 때문에 여윈다는 말을 듣곤 먹지 않았던 일이며
나를 놀라게 한 것은 그 종자는 이제 심어도 나지 않는다고
단정케 하는 사과 겉껍질의 빨간색 그것이다
공기마저 얼어서 나를 못 통하게 한다 뜰을 주형처럼 한장 한장
떠낼 수 있을것 같다

나의 호흡에 탄환을 쏘아 넣는 놈이 있다
병석에 나는 조심조심 조용히 누워 있노라니까 뜰에 바람이
불어서
무엇인가 떼굴떼굴 굴려지고 있는 그런 낌새가 보였다
별이 흔들린다 나의 기억의 순서가 흔들리듯
어릴적 사진에서 스스로 병을 진단한다

가브리엘 천사균(내가 가장 불세출의 그리스도라 치고)
이 살균제는 마침내 폐결핵의 혈담이었다(고?)
폐 속 페인트칠한 십자가가 날이면 날마다 발돋움을 한다
폐 속엔 요리사 천사가 있어서 때때로 소변을 본단 말이다
나에 대해 달력의 숫자는 차츰차츰 줄어든다

네온사인은 색스폰같이 야위었다
그리고 나의 정맥은 휘파람같이 야위었다
하얀 천사가 나의 폐에 가벼이 노크한다
황혼같은 폐 속에서는 고요히 물이 끓고 있다
고무 전선을 끌어다가 성 베드로가 도청을 한다
그리곤 세 번이나 천사를 보고 나는 모른다고 한다
그 때 닭이 홰를 친다—어엇 끓는 물을 엎지르면 야단 야단—

봄이 와서 따스한 건 지구의 아궁이에 불을 지폈기 때문이다
모두가 끓어오른다 아지랭이처럼

나만이 사금파리 모양 남는다

나무들조차 끓어서 푸른 거품을 자꾸 뿜어내고 있는데도.

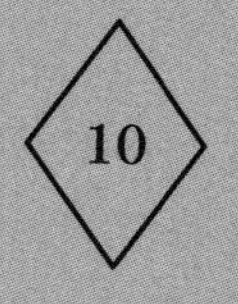

대표소설

날개

'박제가 되어 버린 천재'를 아시오? 나는 유쾌하오. 이런 때 연애까지가 유쾌하오.

육신이 흐느적흐느적하도록 피로했을 때만 정신이 은화처럼 맑소. 니코틴이 내 횟배 앓는 뱃속으로 스미면 머릿속에 으레 백지가 준비되는 법이오. 그 위에다 나는 위트와 파라독스를 바둑 포석처럼 늘어놓소. 가공할 상식의 병이오.

나는 또 여인과 생활을 설계하오. 연애 기법에마저 서먹서먹해진 지성의 극치를 흘깃 좀 들여다본 일이 있는, 말하자면 일종의 정신분일자말이오. 이런 여인의 반—그것은 온갖 것의 반이오.—만을 영수하는 생활을 설계한다는 말이오. 그런 생활 속에 한 발만 들여놓고 흡사 두 개의 태양처럼 마주 쳐다보면서 낄낄거리는 것이오. 나는 아마 어지간히 인생의 제행이 싱거워서 견딜 수가 없게끔 되고 그만둔 모양이오. 굿바이.

굿바이. 그대는 이따금 그대가 제일 싫어하는 음식을 탐식하는 아이러니를 실천해 보는 것도 좋을 것 같소. 위트와 파라독스와…….

그대 자신을 위조하는 것도 할 만한 일이오. 그대의 작품은 한번도 본 일이 없는 기성품에 의하여 차라리 경편하고 고매하리다.

19세기는 될 수 있거든 봉쇄하여 버리오. 도스토예프스키 정신이란 자칫하면 낭비일 것 같소. 위고를 불란서의 빵 한 조각이라고는 누가 그랬는지 지언인 듯싶소. 그러나 인생 혹은 그 모형에 있어서 디테일 때문에 속는다거나 해서야 되겠소? 화를 보지 마오. 부디 그대께 고하는 것이니……

(테이프가 끊어지면 피가 나오. 상채기도 머지 않아 완치될 줄 믿소. 굿바이.)

감정은 어떤 '포우즈'. (그 '포우즈'의 원소만을 지적하는 것이 아닌지 나도 모르겠소.) 그 포우즈가 부동자세에까지 고도화할 때 감정은 딱 공급을 정지합데다.

나는 내 비범한 발육을 회고하여 세상을 보는 안목을 규정하였소.

여왕봉과 미망인—세상의 하고많은 여인이 본질적으로 이미 미망인이 아닌 이가 있으리까? 아니, 여인의 전부가 그 일상에 있어서 개개 '미망인'이라는 내 논리가 뜻밖에도 여성에 대한 모독이 되오? 굿바이.

그 33번지라는 것이 구조가 흡사 유곽이라는 느낌이 없지 않다.

한 번지에 18가구가 죽 어깨를 맞대고 늘어서서 창호가 똑같고 아궁이 모양이 똑같다. 게다가 각 가구에 사는 사람들이 송이송이 꽃과 같이 젊다. 해가 들지 않는다. 해가 드는 것을 그들이 모른 체하는 까닭이다. 턱살 밑에다 철 줄을 매고 얼룩진 이부자리를 널어 말린다는 핑계로 미닫이에 해가 드는 것을 막아 버린다. 침침한 방 안에서 낮잠들을 잔다. 그들은 밤에는 잠을 자지 않나? 알 수 없다. 나는 밤이나 낮이나 잠만 자느라고 그런 것을 알 길이 없다. 33번지 18 가구의 낮은 참 조용하다.

조용한 것은 낮뿐이다. 어둑어둑하면 그들은 이부자리를 걷어들인다. 전등불이 켜진 뒤의 18 가구는 낮보다 훨씬 화려하다. 저물도록 미닫이 여닫는 소리가 잦다. 바빠진다. 여러가지 냄새가 나기 시작한다. 비웃 굽는 내, 탕고도오랑내, 뜨물내, 비눗내…….

그러나 이런 것들보다도 그들의 문패가 제일로 고개를 끄

덕이게 하는 것이다. 이 18 가구를 대표하는 대문이라는 것이 일각이 져서 외따로 떨어지기는 했으나 있다. 그러나 그것은 한 번도 닫힌 일이 없는, 한길이나 마찬가지인 대문인 것이다. 온갖 장사치들은 하루 가운데 어느 시간에라도 이 대문을 통하여 드나들 수 있는 것이다. 이네들은 문간에서 두부를 사는 것이 아니라 미닫이를 열고 방에서 두부를 사는 것이다. 이렇게 생긴 33번지 대문에 그들 18 가구의 문패를 몰아다 붙이는 것은 의미가 없다. 그들은 어느 사이엔가 각 미닫이 위 백인당이니 길상당이니 써 붙인 한곁에다 문패를 붙이는 풍속을 가져 버렸다.

내 방 미닫이 위 한곁에 칼표 딱지를 넷에다 낸 것만한 내—아니! 내 아내의 명함이 붙어 있는 것도 이 풍속을 좇은 것이 아닐 수 없다.

나는 그러나 그들의 아무와도 놀지 않는다. 놀지 않을 뿐만 아니라 인사도 않는다. 나는 내 아내 와 인사하는 외에 누구와도 인사하고 싶지 않았다.

내 아내 외의 다른 사람과 인사를 하거나 놀거나 하는 것은 내 아내 낯을 보아 좋지 않은 일인 것만 같이 생각이 되었기 때문이다. 나는 이만큼까지 내 아내를 소중히 생각한 것이다.

내가 이렇게까지 내 아내를 소중히 생각한 까닭은 이 33번지 18 가구 속에서 내 아내가 내 아내의 명함처럼 제일 작고 제일 아름다운 것을 안 까닭이다. 18 가구에 각기 빌어 들은

송이송이 꽃들 가운데서도 내 아내가 특히 아름다운 한 떨기의 꽃으로 이 함석지붕 밑 볕 안드는 지역에서 어디까지든지 찬란하였다. 따라서 그런 한 떨기 꽃을 지키고-아니 그 꽃에 매어달려 사는 나라는 존재가 도무지 형언할 수 없는 거북살스러운 존재가 아닐 수 없었던 것은 물론이다.

나는 어디까지든지 내 방이—집이 아니다. 집은 없다.—마음에 들었다. 방안의 기온은 내 체온을 위하여 쾌적하였고, 방안의 침침한 정도가 또한 내 안력을 위하여 쾌적하였다. 나는 내 방 이상의 서늘한 방도, 또 따뜻한 방도 희망하지 않았다. 이 이상으로 밝거나 이 이상으로 아늑한 방은 원하지 않았다. 내 방은 나 하나를 위하여 요만한 정도를 꾸준히 지키는 것 같아 늘 내 방에 감사하였고 나는 또 이런 방을 위하여 이 세상에 태어난 것만 같아서 즐거웠다.

그러나 이것은 행복이라든가 불행이라든가 하는 것을 계산하는 것은 아니었다. 말하자면 나는 내가 행복되다고도 생각할 필요가 없었고, 그렇다고 불행하다고도 생각할 필요가 없었다. 그냥 그날그날을 그저 까닭없이 펀둥펀둥 게으르고만 있으면 만사는 그만이었던 것이다.

내 몸과 마음에 옷처럼 잘 맞는 방 속에서 뒹굴면서, 축 처져 있는 것은 행복이니 불행이니 하는 그런 세속적인 계산을 떠난, 가장 편리하고 안일한 말하자면 절대적인 상태인 것이다. 나는 이런 상태가 좋았다.

이 절대적인 내 방은 대문간에서 세어서 똑 일곱째 칸이다. 럭키 세븐의 뜻이 없지 않다. 나는 이 일곱이라는 숫자를 훈장처럼 사랑하였다. 이런 이 방이 가운데 장지로 말미암아 두 칸으로 나뉘어 있었다는 그것이 내 운명의 상징이었던 것을 누가 알랴?

아랫방은 그래도 해가 든다. 아침결에 책보만 한 해가 들었다가 오후에 손수건만 해지면서 나가 버린다. 해가 영영 들지 않는 윗방이 즉 내 방인 것은 말할 것도 없다. 이렇게 볕드는 방이 아내 방이요, 볕 안드는 방이 내 방이요 하고 아내와 나 둘 중에 누가 정했는지 나는 기억하지 못한다. 그러나 나에게는 불평이 없다.

아내가 외출만 하면 나는 얼른 아랫방으로 와서 그 동쪽으로 난 들창을 열어 놓고 열어놓으면 들이비치는 햇살이 아내의 화장대를 비쳐 가지각색 병들이 아롱이 지면서 찬란하게 빛나고, 이렇게 빛나는 것을 보는 것은 다시없는 내 오락이다. 나는 조그만 '돋보기'를 꺼내 가지고 아내만이 사용하는 지리가미를 꺼내 가지고 그을려 가면서 불장난을 하고 논다. 평행광선을 굴절시켜서 한 촛점에 모아가지고 그 촛점이 따근따근해지다가, 마지막에는 종이를 그슬리기 시작하고, 가느다란 연기를 내면서 드디어 구멍을 뚫어 놓는 데까지 이르는, 고 얼마 안되는 동안의 초조한 맛이 죽고 싶을 만치 내게는 재미있었다.

이 장난이 싫증이 나면 나는 또 아내의 손잡이 거울을 가지고 여러 가지로 논다. 거울이란 제 얼굴을 비칠 때만 실용품이다. 그 외의 경우에는 도무지 장난감인 것이다.

이 장난도 곧 싫증이 난다. 나의 유희심은 육체적인 데서 정신적인 데로 비약한다. 나는 거울을 내던지고 아내의 화장대 앞으로 가까이 가서 나란히 늘어 놓인 고 가지각색의 화장품 병들을 들여다본다. 고것들은 세상의 무엇보다도 매력적이다. 나는 그 중의 하나만을 골라서 가만히 마개를 빼고 병구멍을 내 코에 가져다 대고 숨 죽이듯이 가벼운 호흡을 하여 본다. 이국적인 센슈얼한 향기가 폐로 스며들면 나는 저절로 스르르 감기는 내 눈을 느낀다. 확실히 아내의 체취의 파편이다. 나는 도로 병마개를 막고 생각해 본다. 아내의 어느 부분에서 요 냄새가 났던가를……. 그러나 그것은 분명하지 않다. 왜? 아내의 체취는 여기 늘어섰는 가지각색 향기의 합계일 것이니까.

아내의 방은 늘 화려하였다. 내 방이 벽에 못 한 개 꽂히지 않은 소박한 것인 반대로, 아내 방에는 천장 밑으로 쫙 돌려 못이 박히고, 못마다 화려한 아내의 치마와 저고리가 걸렸다. 여러 가지 무늬가 보기 좋다. 나는 그 여러 조각의 치마에서 늘 아내의 동체와 그 동체가 될 수 있는 여러가지 포우즈를 연상하고 연상하면서 내 마음은 늘 점잖지 못하다.

그렇건만 나에게는 옷이 없었다. 아내는 내게 옷을 주지 않았다. 입고 있는 골덴양복 한 벌이 내 자리옷이었고 통상복과 나들이옷을 겸한 것이었다. 그리고 하이넥의 스웨터가 한 조각 사철을 통한 내 내의다. 그것들은 하나같이 다 빛이 검다. 그것은 내 짐작 같아서는 즉 빨래를 될 수 있는 데까지 하지 않아도 보기 싫지 않게 하기 위한 것이 아닌가 한다. 나는 허리와 두 가랑이 세 군데 다 고무밴드가 끼어 있는 부드러운 사루마다를 입고 그리고 아무 소리없이 잘 놀았다.

어느덧 손수건만해졌던 볕이 나갔는데 아내는 외출에서 돌아오지 않는다. 나는 요만 일에도 좀 피곤하였고 또 아내가 돌아오기 전에 내 방으로 가 있어야 될 것을 생각하고 그만 내 방으로 건너간 다. 내 방은 침침하다. 나는 이불을 뒤집어쓰고 낮잠을 잔다. 한번도 걷은 일이 없는 내 이부자리는 내 몸뚱이의 일부분처럼 내게는 참 반갑다. 잠은 잘 오는 적도 있다. 그러나 또 전신이 까칫까칫하면서 영 잠이 오지 않는 적도 있다. 그런 때는 아무 제목으로나 제목을 하나 골라서 연구하였다. 나는 내 좀 축축한 이불속에서 참 여러 가지 발명도 하였고 논문도 많이 썼다. 시도 많이 지었다. 그러나 그것들은 내가 잠이 드는 것과 동시에 내 방에 담겨서 철철 넘치는 그 흐늑흐늑한 공기에 다 비누처럼 풀어져서 온데간데 없고, 한참 자고 깨인 나는 속이 무명 헝겊이나 메밀껍질로 띵띵 찬 한 덩어리 베개와도 같은 한 벌 신경이었을 뿐이고 뿐이고 하였다.

그러기에 나는 빈대가 무엇보다도 싫었다. 그러나 내 방에서는 겨울에도 몇 마리의 빈대가 끊이지 않고 나왔다. 내게 근심이 있었다면 오직 이 빈대를 미워하는 근심일 것이다. 나는 빈대에게 물려 서 가려운 자리를 피가 나도록 긁었다. 쓰라리다. 그것은 그윽한 쾌감에 틀림없었다. 나는 혼곤히 잠이 든다.

나는 그러나 그런 이불 속의 사색 생활에서도 적극적인 것을 궁리하는 법이 없다. 내게는 그럴 필요가 대체 없었다. 만일 내가 그런 좀 적극적인 것을 궁리해내었을 경우에 나는 반드시 내 아내와 의논하여야 할 것이고, 그러면 반드시 나는 아내에게 꾸지람을 들을 것이고—나는 꾸지람이 무서웠다느니보다는 성가셨다. 내가 제법 한 사람의 사회인의 자격으로 일을 해 보는 것도 아내에게 사설 듣는 것도.

나는 가장 게으른 동물처럼 게으른 것이 좋았다. 될 수만 있으면 이 무의미한 인간의 탈을 벗어 버리고도 싶었다.

나에게는 인간 사회가 스스러웠다. 생활이 스스러웠다. 모두가 서먹서먹할 뿐이었다.

아내는 하루에 두 번 세수를 한다. 나는 하루 한 번도 세수를 하지 않는다. 나는 밤중 세 시나 네 시쯤 해서 변소에 갔다. 달이 밝은 밤에는 한참씩 마당에 우두커니 섰다가 들어오곤 한다. 그러니까 나는 이 18 가구의 아무와도 얼굴이 마주치는 일이 거의 없다. 그러면서도 나는 이 18 가구의 젊은 여인네 얼굴들을 거반 다 기억하고 있었다. 그들은 하나 같이 내 아내만 못하였다.

열한 시쯤 해서 하는 아내의 첫번 세수는 좀 간단하다. 그러나 저녁 일곱 시쯤해서 하는 두번째 세수는 손이 많이 간다. 아내는 낮에 보다도 밤에 더 좋고 깨끗한 옷을 입는다. 그리고 낮에도 외출하고 밤에도 외출하였다.

아내에게 직업이 있었던가? 나는 아내의 직업이 무엇인지 알 수 없다. 만일 아내에게 직업이 없었다면, 같이 직업이 없는 나처럼 외출할 필요가 생기지 않을 것인데— 아내는 외출한다. 외출할 뿐만 아니라 내객이 많다. 아내에게 내객이 많은 날은 나는 온종일 내 방에서 이불을 쓰고 누워 있어야만 된다.

불장난도 못한다. 화장품 냄새도 못 맡는다. 그런 날은 나는 의식적으로 우울해하였다. 그러면 아내는 나에게 돈을 준다. 오십 전짜리 은화다. 나는 그것이 좋았다. 그러나 그것을 무엇에 써야 옳을지 몰라서 늘 머리맡에 던져두고 두고 한 것이 어느 결에 모여서 꽤 많아졌다. 어느 날 이것을 본 아내는 금고처럼 생긴 벙어리를 사다 준다. 나는 한 푼씩 한 푼씩 그 속에 넣고 열쇠는 아내가 가져갔다. 그 후에도 나는 더러 은화를 그 벙어리에 넣은 것을 기억한다. 그리고 나는 게을렀다. 얼마 후 아내의 머리쪽에 보지 못하던 누깔잠이 하나 여드름처럼 돋았던 것은 바로 그 금고형 벙어리의 무게가 가벼워졌다는 증거일까. 그러나 나는 드디어 머리맡에 놓았던 그 벙어리에 손을 대지 않고 말았다. 내 게으름은 그런 것에 내 주의를 환기시키기도 싫었다.

아내에게 내객이 있는 날은 이불 속으로 암만 깊이 들어가도 비오는 날만큼 잠이 잘 오지 않았다. 나는 그런 때 나에게 왜 늘 돈이 있나 왜 돈이 많은가를 연구했다.

내객들은 장지 저쪽에 내가 있는 것을 모르나 보다. 내 아내와 나도 좀 하기 어려운 농을 아주 서슴지 않고 쉽게 해 던지는 것이다. 그러나 내 아내를 찾은 서너 사람의 내객들은 늘 비교적 점잖았다고 볼 수 있는 것이, 자정이 좀 지나면 으레 돌아들 갔다. 그들 가운데에는 퍽 교양이 얕은 자도 있는 듯싶었는데, 그런 자는 보통 음식을 사다 먹고 논다. 그래서 보충을 하고 대체로 무사하였다.

나는 우선 아내의 직업이 무엇인가를 연구하기에 착수하였으나 좁은 시야와 부족한 지식으로는 이것을 알아내기 힘이 든다. 나는 끝끝내 내 아내의 직업이 무엇인가를 모르고 말려나 보다.

아내는 늘 진솔 버선만 신었다. 아내는 밥도 지었다. 아내가 밥을 짓는 것을 나는 한번도 구경한 일은 없으나 언제든지 끼니때면 내 방으로 내 조석 밥을 날라다 주는 것이다. 우리집에는 나와 내 아내 외의 다른 사람은 아무도 없다. 이 밥은 분명 아내가 손수 지었음에 틀림없다.

그러나 아내는 한 번도 나를 자기 방으로 부른 일은 없다. 나는 늘 웃방에서 혼자서 밥을 먹고 잠을 잤다. 밥은 너무 맛이 없었다. 반찬이 너무 엉성하였다. 나는 닭이나 강아지처럼 말없이 주는 모이를 넙죽넙죽 받아먹기는 했으나 내심 야속하게 생각한 적도 더러 없지 않다. 나는 안색이 여지없이 창백해가면서 말라 들어갔다. 나날이 눈에 보이듯이 기운이 줄어들었다. 영양 부족으로 하여 몸뚱이 곳곳의 뼈가 불쑥불쑥 내어 밀었다. 하룻밤 사이에도 수십 차를 돌쳐 눕지 않고는 여기저기가 배겨서 나는 배겨낼 수가 없었다.

그렇기 때문에 나는 내 이불 속에서 아내가 늘 흔히 쓸 수 있는 저 돈의 출처를 탐색해 내는 일변 장지 틈으로 새어나오는 아랫방의 음식은 무엇일까를 간단히 연구하였다. 나는 잠이 잘 안 왔다.

깨달았다. 아내가 쓰는 그 돈은 내게는 다만 실없는 사람들로밖에 보이지 않는 까닭 모를 내객들이 놓고 가는 것이 틀림없으리라는 것을 나는 깨달았다. 그러나 왜 그들 내객은 돈을 놓고 가나? 왜 내 아내는 그 돈을 받아야 되나? 하는 예의 관념이 내게는 도무지 알 수 없는 것이었다.

그것은 그저 예의에 지나지 않는 것일까? 그렇지 않으면 혹 무슨 댓가일까? 보수일까? 내 아내가 그들의 눈에는 동정을 받아야만 할 한 가엾은 인물로 보였던가?

이런 것들을 생각하노라면 으레 내 머리는 그냥 혼란하여 버리고 버리고 하였다. 잠들기 전에 획득했다는 결론이 오직 불쾌하다는 것뿐이었으면서도 나는 그런 것을 아내에게 물어보거나 한 일이 참 한 번도 없다. 그것은 대게 귀찮기도 하려니와 한잠 자고 일어나는 나는 사뭇 딴 사람처럼 이것도 저것도 다 깨끗이 잊어버리고 그만두는 까닭이다.

내객들이 돌아가고, 혹 외출에서 돌아오고 하면 아내는 간편한 것으로 옷을 바꾸어 입고 내 방으로 나를 찾아온다. 그리고 이불을 들치고 내 귀에는 영 생동생동한 몇 마디 말로 나를 위로하려 든다. 나는 조소도 고소도 홍소도 아닌 웃음을 얼굴에 띠고 아내의 아름다운 얼굴을 쳐다본다. 아내는 방그레 웃는다. 그러나 그 얼굴에 떠도는 일말의 애수를 나는 놓치지 않는다.

아내는 능히 내가 배고파하는 것을 눈치챌 것이다. 그러나 아랫방에서 먹고 남은 음식을 나에게 주려 들지는 않는다. 그것은 어디까지든지 나를 존경하는 마음일 것임에 틀림없다. 나는 배가 고프면서도 적이 마음이 든든한 것을 좋아했다. 아내가 무엇이라고 지껄이고 갔는지 귀에 남아 있을 리가 없다. 다만 내 머리맡에 아내가 놓고 간 은화가 전등불에 흐릿하게 빛나고 있을 뿐이다.

고 금고형 벙어리 속에 고 은화가 얼마만큼이나 모였을까? 나는 그러나 그것을 쳐들어 보지 않았다. 그저 아무런 의욕도 기원도 없이 그 단춧구멍처럼 생긴 틈바구니로 은화를 떨어뜨려 둘 뿐이었다.

왜 아내의 내객들이 아내에게 돈을 놓고 가나 하는 것이 풀 수 없는 의문인 것같이, 왜 아내는 나에게 돈을 놓고 가나 하는 것도 역시 나에게는 똑같이 풀 수 없는 의문이었다. 내 비록 아내가 내게 돈을 놓고 가는 것이 싫지 않았다 하더라도 그것은 다만 고것이 내 손가락 닿는 순간에서부터 고 벙어리 주둥이에서 자취를 감추기까지의 하잘것없는 짧은 촉각이 좋았달 뿐이지 그 이상 아무 기쁨도 없다.

어느 날 나는 고 벙어리를 변소에 갖다 넣어 버렸다. 그 때 벙어리 속에는 몇 푼이나 되는지 모르겠으나 고 은화들이 꽤 들어 있었다.

나는 내가 지구 위에 살며 내가 이렇게 살고 있는 지구가 질풍신뢰의 속력으로 광대무변의 공간을 달리고 있다는 것을 생각했을 때 참 허망하였다. 나는 이렇게 부지런한 지구 위에서는 현기증도 날 것 같고 해서 한시바삐 내려 버리고 싶었다.

이불 속에서 이런 생각을 하고 난 뒤에는 나는 고 은화를 고 벙어리에 넣고넣고 하는 것조차 귀찮아졌다. 나는 아내가 손수 벙어리를 사용하였으면 하고 희망하였다. 벙어리도 돈도 사실은 아내에게만 필요한 것이지 내게는 애초부터 의미가 전연 없는 것이었으니까 될 수만 있으면 그 벙어리를 아내는 아내 방으로 가져갔으면 하고 기다렸다. 그러나 아내는 가져가지 않는다. 나는 내가 아내 방으로 가져다 둘까 하고 생각하여 보았으나 그 즈음에는 아내의 내객이 워낙 많아서 내가 아내 방에 가 볼 기회가 도무지 없었다. 그래서 나는 하는 수 없이 변소에 갖다 집어넣어 버리고 만 것이다.

나는 서글픈 마음으로 아내의 꾸지람을 기다렸다. 그러나 아내는 끝내 아무 말도 나에게 묻지도 하지도 않았다. 않았을

뿐 아니라 여전히 돈은 돈대로 머리맡에 놓고 가지 않나! 내 머리맡에는 어느덧 은화가 꽤 많이 모였다.

내객이 아내에게 돈을 놓고 가는 것이나 아내가 내게 돈을 놓고 가는 것이나 일종의 쾌감—그 외의 다른 아무런 이유도 없는 것이 아닐까 하는 것을 나는 또 이불 속에서 연구하기 시작하였다. 쾌감이라면 어떤 종류의 쾌감일까를 계속하여 연구하였다. 그러나 그것은 이불 속의 연구로는 알 길이 없었다. 쾌감, 쾌감, 하고 나는 뜻밖에도 이 문제에 대해서만 흥미를 느꼈다.

아내는 물론 나를 늘 감금하여 두다시피 하여 왔다. 내게 불평이 있을 리 없다. 그런 중에도 나는 그 쾌감이라는 것의 유무를 체험하고 싶었다.

나는 아내의 밤 외출 틈을 타서 밖으로 나왔다. 나는 거리에서 잊어버리지 않고 가지고 나온 은화를 지폐로 바꾼다. 오 원이나 된다. 그것을 주머니에 넣고 나는 목적을 잃어버리기 위하여 얼마든지 거리를 쏘다녔다. 오래간만에 보는 거리는 거의 경이에 가까울 만치 내 신경을 흥분시키지 않고는 마지않았다. 나는 금시에 피곤하여 버렸다. 그러나 나는 참았다. 그리고 밤이 이슥하도록 까닭을 잃어버린 채 이 거리 저 거리로 지향 없이 헤매었다. 돈은 물론 한 푼도 쓰지 않았다. 돈을 쓸 아무 엄두도 나서지 않았다. 나는 벌써 돈을 쓰는 기능을 완전히 상실한 것 같았다.

나는 과연 피로를 이 이상 견디기가 어려웠다. 나는 가까스로 내 집을 찾았다. 나는 내 방을 가려면 아내 방을 통과하지 않으면 안 될 것을 알고, 아내에게 내객이 있나 없나를 걱정하면서 미닫이 앞에서 좀 거북살스럽게 기침을 한 번 했더니, 이것은 참 또 너무도 암상스럽게 미닫이가 열리면서 아내의 얼굴과 그 등 뒤에 낯설은 남자의 얼굴이 이쪽을 내다보는 것이다. 나는 별안간 내어 쏟아지는 불빛에 눈이 부셔서 좀 머뭇머뭇했다.

나는 아내의 눈초리를 못 본 것은 아니다. 그러나 나는 모른체하는 수밖에 없었다. 왜? 나는 어쨌든 아내의 방을 통과하지 아니하면 안 되니까…….

나는 이불을 뒤집어썼다. 무엇보다도 다리가 아파서 견딜 수가 없었다. 이불 속에서는 가슴이 울렁거리면서 암만해도 까무러칠 것만 같았다. 걸을 때는 몰랐더니 숨이 차다. 등에 식은땀이 쭉 내배인다. 나는 외출한 것을 후회하였다. 이런 피로를 잊고 어서 잠이 들었으면 좋겠다. 한잠 잘 자고 싶었다.

얼마동안이나 비스듬히 엎드려 있었더니 차츰차츰 뚝딱거리는 가슴 동계가 가라앉는다. 그만해도 우선 살 것 같았다. 나는 몸을 들쳐 반듯이 천장을 향하여 눕고 쭈욱 다리를 뻗었다.

그러나 나는 또 다시 가슴의 동계를 피할 수 없게 되었다. 아랫방에서 아내와 그 남자의 내 귀에도 들리지 않을 만큼 낮은 목소리로 소곤거리는 기척이 장지 틈으로 전하여 왔던 것이다. 청각을 더 예민하게 하기 위하여 나는 눈을 떴다. 그리고 숨을 죽였다. 그러나 그 때는 벌써 아내와 남자는 앉았던 자리를 툭툭 털고 일어섰고 일어서면서 옷과 모자 쓰는 기척이 나는 듯하더니 이어 미닫이가 열리고 구두 뒤축 소리가 나고 그리고 뜰에 내려서는 소리 가 쿵 하고 나면서 뒤를 따르는 아내의 고무신 소리가 두어 발짝 찍찍나고 사뿐사뿐 나나 하는 사이에 두사람의 발소리가 대문 쪽으로 사라졌다.

나는 아내의 이런 태도를 본 일이 없다. 아내는 어떤 사람과도 결코 소곤거리는 법이 없다. 나는 웃방에서 이불을 쓰고 누웠는 동안에도 혹 술이 취해서 혀가 잘 돌아가지 않는 내객들의 담화는 더러 놓치는 수가 있어도 아내의 높지도 낮지도 않은 말소리는 일찍이 한마디도 놓쳐 본 일이 없다. 더러 내 귀에 거슬리는 소리가 있어도 나는 그것이 태연한 목소리로 내 귀에 들렸다는 이유로 충분히 안심이 되었다.

그렇던 아내의 이런 태도는 필시 그 속에 여간하지 않은 사정이 있는 듯싶이 생각이 되고 내 마음은 좀 서운했으나 그보다도 나는 좀 너무 피곤해서 오늘만은 이불 속에서 아무것도 연구하지 않기로 굳게 결심하고 잠을 기다렸다. 낮잠은 좀처럼 오지 않았다. 대문간에 나간 아내도 좀처럼 들어오지 않았다. 그러는 동안에 흐지부지 나는 잠이 들어 버렸다. 꿈이 얼쑹덜쑹 종을 잡을 수 없는 거리의 풍경을 여전히 헤매었다.

나는 몹시 흔들렸다. 내객을 보내고 들어온 아내가 잠든 나를 잡아 흔드는 것이다. 나는 눈을 번 쩍 뜨고 아내의 얼굴을 쳐다보았다. 아내의 얼굴에는 웃음이 없다. 나는 좀 눈을 비비고 아내의 얼굴을 자세히 보았다. 노기가 눈초리에 떠서 얇은 입술이 바르르 떨린다. 좀처럼 이 노기가 풀리기는 어려울 것 같았다. 나는 그대로 눈을 감아 버렸다. 벼락이 내리기를 기다린 것이다. 그러나 쌔근하는 숨소리가 나면서 푸스스 아내의 치맛자락 소리가 나고 장지가 여닫히며 아내는 아내 방으로 돌아갔다. 나는 다시 몸을 돌려 이불을 뒤집어쓰고는 개구리처럼 엎드리고, 엎드려서 배가 고픈 가운데도 오늘 밤의 외출을 또 한 번 후회하였다.

나는 이불 속에서 아내에게 사죄하였다. 그것은 네 오해라고……

나는 사실 밤이 퍽으나 이슥한 줄만 알았던 것이다. 그것이 네 말마따나 자정 전인지는 정말이지 꿈에도 몰랐다. 나는 너무 피곤하였다. 오래간만에 나는 너무 많이 걸은 것이 잘못이다. 내 잘못이라면 잘못은 그것 밖에 없다. 외출은 왜 하였더냐고?

나는 그 머리맡에 저절로 모인 오 원 돈을 아무에게라도 좋으니 주어 보고 싶었던 것이다. 그뿐이다. 그러나 그것도 내 잘못이라면 나는 그렇게 알겠다. 나는 후회하고 있지 않나?

내가 그 오 원 돈을 써 버릴 수가 있었던들 나는 자정 안에 집에 돌아올 수 없었을 것이다. 그러나 거리는 너무 복잡하였고 사람은 너무도 들끓었다. 나는 어느 사람을 붙들고 그 오 원 돈을 내어 주어야 할지 갈피를 잡을 수가 없었다. 그러는 동안에 나는 여지없이 피곤해 버리고 말았던 것이다.

나는 무엇보다도 좀 쉬고 싶었다. 눕고 싶었다. 그래서 나는 하는 수 없이 집으로 돌아온 것이다. 내 짐작 같아서는 밤이 어지간히 늦은 줄만 알았는데, 그것이 불행히도 자정 전이었다는 것은 참 안된 일이다. 미안한 일이다. 나는 얼마든지 사죄하여도 좋다. 그러나 종시 아내의 오해를 풀지 못하였다 하면 내가 이렇게까지 사죄하는 보람은 그럼 어디 있나? 한심하였다.

한 시간 동안을 나는 이렇게 초조하게 굴지 않으면 안 되었다. 나는 이불을 홱 젖혀 버리고 일어나서 장지를 열고 아내 방으로 비칠비칠 달려갔던 것이다. 내게는 거의 의식이라는 것이 없었다. 나는 아내 이불 위에 엎드러지면서 바지 포켓 속에서 그 돈 오 원을 꺼내 아내 손에 쥐어 준 것을 간신히 기억할 뿐이다.

이튿날 잠이 깨었을 때 나는 내 아내 방 아내 이불 속에 있었다. 이것이 이 33번지에서 살기 시작한 이래 내가 아내 방에서 잔 맨 처음이었다.

해가 들창에 훨씬 높았는데 아내는 이미 외출하고 벌써 내 곁에 있지는 않다. 아니! 아내는 엊저녁 내가 의식을 잃은 동안에 외출한 것인지도 모른다. 그러나 나는 그런 것을 조사하고 싶지 않았다. 다만 전신이 찌뿌드드한 것이 손가락 하나 꼼

짝할 힘조차 없었다. 책보보다 좀 작은 면적의 볕이 눈이 부시다. 그 속에서 수없이 먼지가 흡사 미생물처럼 난무한다. 코가 콱 막히는 것 같다. 나는 다시 눈을 감고 이불을 푹 뒤집어쓰고 낮잠을 자기에 착수하였다. 그러나 코를 스치는 아내의 체취는 꽤 도발적이었다. 나는 몸을 여러번 여러번 비비꼬면서 아내의 화장대에 늘어선 고 가지각색 화장품 병들의 마개를 뽑았을 때 풍기는 냄새를 더듬느라고 좀처럼 잠은 들지 않는 것을 나는 어찌하는 수도 없었다.

견디다못하여 나는 그만 이불을 걷어차고 벌떡 일어나서 내 방으로 갔다. 내 방에는 다 식어빠진 내 끼니가 가지런히 놓여 있는 것이다. 아내는 내 모이를 여기다 두고 나간 것이다. 나는 우선 배가 고팠다. 한 숟갈을 입에 떠 넣었을 때 그 촉감은 참 너무도 냉회와 같이 써늘하였다. 나는 숟갈을 놓고 내 이불 속으로 들어갔다. 하룻밤을 비었던 내 이부자리는 여전히 반갑게 나를 맞아 준다. 나는 내 이불을 뒤집어쓰고 이 번에는 참 늘어지게 한잠 잤다. 잘—

내가 잠을 깬 것은 전등이 켜진 뒤다. 그러나 아내는 아직도 돌아오지 않았나 보다. 아니! 돌아왔다 또 나갔는지 알 수 없다. 그러나 그런 것을 상고하여 무엇하나?

정신이 한결 난다. 나는 지난 밤일을 생각해 보았다. 그 돈 오 원을 아내 손에 쥐어 주고 넘어졌을 때에 느낄 수 있었던 쾌감을 나는 무엇이라고 설명할 수가 없었다. 그러나 내객들이 내 아내에게 돈 놓고 가는 심리며 내 아내가 내게 돈 놓고 가는 심리의 비밀을 나는 알아낸 것 같아서 여간 즐거운 것이 아니다. 나는 속으로 빙그레 웃어 보았다. 이런 것을 모르고 오늘까지 지내온 내 자신이 어떻게 우스꽝스럽게 보이는지 몰랐다. 나는 어깨춤이 났다.

따라서 나는 또 오늘밤에도 외출하고 싶었다. 그러나 돈이 없다. 나는 또 엊저녁에 그 돈 오 원을 한꺼번에 아내에게 주어 버린 것을 후회하였다. 또 고 벙어리를 변소에 갖다 쳐넣어 버린 것도 후회하였다. 나는 실없이 실망하면서 습관처럼 그 돈 오 원이 들어 있던 내 바지 포켓에 손을 넣어 한번 휘둘러 보았다. 뜻밖에도 내 손에 쥐어지는 것이 있었다. 이 원 밖에 없다. 그러나 많아야 맛은 아니다. 얼마간이고 있으면 된다. 나는 그만한 것이 여간 고마운 것이 아니었다.

나는 기운을 얻었다. 나는 그 단벌 다 떨어진 골덴 양복을 걸치고 배고픈 것도 주제 사나운 것도 다 잊어버리고 활갯짓을 하면서 또 거리로 나섰다. 나서면서 나는 제발 시간이 화살 단듯해서 자정 이 어서 홱 지나 버렸으면 하고 조바심을 태웠다. 아내에게 돈을 주고 아내 방에서 자 보는 것은 어디까지든지 좋았지만 만일 잘못해서 자정 전에 집에 들어갔다가 아내의 눈총을 맞는 것은 그것은 여간 무서운 일이 아니었다. 나는 저물도록 길가 시계를 들여다보고 들여다보고 하면서 또 지향없이 거리를 방황하였다. 그러나 이날은 좀처럼 피곤하지는 않았다. 다만 시간이 좀 너무 더디게 가는 것만 같아서 안

타까웠다.

경성역京城驛 시계가 확실히 자정을 지난 것을 본 뒤에 나는 집을 향하였다. 그 날은 그 일각 대문에서 아내와 아내의 남자가 이야기하고 섰는 것을 만났다. 나는 모른 체하고 두 사람 곁을 지나서 내 방으로 들어갔다. 뒤이어 아내도 들어왔다. 와서는 이 밤중에 평생 안 하던 쓰레질을 하는 것이었다. 조금 있다가 아내가 눕는 기척을 엿보자마자 나는 또 장지를 열고 아내 방으로 가서 그 돈 이 원을 아내 손에 덥석 쥐어 주고 그리고—하여간 그 이 원을 오늘 밤에도 쓰지 않고 도로 가져 온 것이 참 이상하다는 듯이 아내는 내 얼굴을 몇번이고 엿보고—아내는 드디어 아무 말도 없이 나를 자기 방에 재워 주었다. 나는 이 기쁨을 세상의 무엇과도 바꾸고 싶지는 않았다. 나는 편히 잘 잤다.

이튿날도 내가 잠이 깨었을 때는 아내는 보이지 않았다. 나는 또 내 방으로 가서 피곤한 몸이 낮잠을 잤다.

내가 아내에게 흔들려 깨었을 때는 역시 불이 들어온 뒤였다. 아내는 자기 방으로 나를 오라는 것이다. 이런 일은 또 처음이다. 아내는 끊임없이 얼굴에 미소를 띠고 내 팔을 이끄는 것이다. 나는 이런 아내의 태도 이면에 엔간치 않은 음모가 숨어 있지나 않은가 하고 적이 불안을 느끼지 않을 수 없었다.

나는 아내의 하자는 대로 아내의 방으로 끌려갔다. 아내 방에는 저녁 밥상이 조촐하게 차려져 있는 것이다. 생각하여 보면 나는 이틀을 굶었다. 나는 지금 배고픈 것까지도 긴가민가 잊어버리고 어름어름하던 차다.

나는 생각하였다. 이 최후의 만찬을 먹고 나자마자 벼락이 내려도 나는 차라리 후회하지 않을 것을. 사실 나는 인간 세상이 너무나 심심해서 못 견디겠던 차다. 모든 것이 성가시고 귀찮았으나 그러나 불의의 재난이라는 것은 즐겁다.

나는 마음을 턱 놓고 조용히 아내와 마주 이 해괴한 저녁밥을 먹었다. 우리 부부는 이야기하는 법이 없었다. 밥을 먹은 뒤에도 나는 말이 없이 부스스 일어나서 내 방으로 건너가 버렸다. 아내는 나를 붙잡지 않았다. 나는 벽에 기대어 앉아서 담배를 한 대 피워 물고 그리고 벼락이 떨어질 테거든 어서 떨어져라 하고 기다렸다.

오 분! 십 분!

그러나 벼락은 내리지 않았다. 긴장이 차츰 늘어지기 시작한다. 나는 어느덧 오늘밤에도 외출할 것을 생각하고 있었다. 돈이 있었으면 하고 생각하고 있었다.

그러나 돈은 확실히 없다. 오늘은 외출하여도 나중에 올 무슨 기쁨이 있나? 내 앞이 그저 아뜩하였다. 나는 화가 나서 이불을 뒤집어쓰고 이리 뒹굴 저리 뒹굴 굴렀다. 금시 먹은 밥이 목으로 자꾸 치밀어 올라온다. 메스꺼웠다.

하늘에서 얼마라도 좋으니 왜 지폐가 소낙비처럼 퍼붓지 않나, 그것이 그저 한없이 야속하고 슬펐다. 나는 이렇게 밖에 돈을 구하는 아무런 방법도 알지는 못했다. 나는 이불 속에서 좀 울었나 보다. 왜 없느냐면서…….

그랬더니 아내가 또 내 방에를 왔다. 나는 깜짝 놀라 아마 이제서야 벼락이 내리려나 보다 하고 숨을 죽이고 두꺼비 모양으로 엎드려 있었다. 그러나 떨어진 입을 새어나오는 아내의 말소리는 참 부드러웠다. 정다웠다. 아내는 내가 왜 우는지를 안다는 것이다. 돈이 없어서 그러는 게 아니란다. 나는 실없이 깜짝 놀랐다. 어떻게 사람의 속을 환하게 들여다보는고 해서 나는 한편으로 슬그머니 겁도 안나는 것은 아니었으나 저렇게 말하는 것을 보면 아마 내게 돈을 줄 생각이 있나보다, 만일 그렇다면 오죽이나 좋은 일일까. 나는 이불 속에 뚤뚤 말린 채 고개도 들지 않고 아내의 다음 거동을 기다리고 있으니까, '옜소'하고 내 머리맡에 내려뜨리는 것은 그 가뿐한 음향으로 보아 지폐에 틀림없었다. 그리고 내 귀에다 대고 오늘일랑 어제보다도 늦게 돌아와도 좋다고 속삭이는 것이다. 그것은 어렵지 않다. 우선 그 돈이 무엇보다도 고맙고 반가웠다.

어쨌든 나섰다. 나는 좀 야맹증이다. 그래서 될 수 있는 대로 밝은 거리로 돌아다니기로 했다. 그리고는 경성역 일이등 대합실 한 곁 티이루움에를 들렀다. 그것은 내게는 큰 발견이었다.

거기는 우선 아무도 아는 사람이 안 온다. 설사 왔다가도 곧 돌아가니까 좋다. 나는 날마다 여기 와서 시간을 보내리라 속으로 생각하여 두었다.

여기 시계가 어느 시계보다도 정확하리라는 것이 제일 좋았다. 섣불리 서투른 시계를 보고 그것을 믿고 시간 전에 집에 돌아갔다가 큰 코를 다쳐서는 안된다.

나는 한 박스에 아무것도 없는 것과 마주 앉아서 잘 끓은 커피를 마셨다. 총총한 가운데 여객들은 그래도 한 잔 커피가 즐거운가보다. 얼른얼른 마시고 무얼 좀 생각하는 것같이 담벼락도 좀 쳐다보고 하다가 곧 나가 버린다. 서글프다. 그러나 내게는 이 서글픈 분위기가 거리의 티이루움들의 그 거추장스러운 분위기보다는 절실하고 마음에 들었다. 이따금 들리는 날카로운 혹은 우렁찬 기적 소리가 모오짜르트보다도 더 가깝다. 나는 메뉴에 적힌 몇 가지 안 되는 음식 이름을 치읽고 내리읽고 여러 번 읽었다. 그것들은 아물아물하는 것이 어딘가 내 어렸을 때 동무들 이름과 비슷한 데가 있었다.

거기서 얼마나 내가 오래 앉았는지 정신이 오락가락하는 중에 객이 슬며시 뜸해지면서 이 구석 저 구석 걷어치우기 시작하는 것을 보면 아마 닫는 시간이 된 모양이다. 열한 시가 좀 지났구나, 여기도 결코 내 안주의 곳은 아니구나, 어디 가서 자정을 넘길까? 두루 걱정을 하면서 나는 밖으로 나섰다. 비가 온다. 빗발이 제법 굵은 것이 우비도 우산도 없는 나를 고생을 시킬 작정이다. 그렇다고 이런 괴이한 풍모를 차리고 이 홀에서 어물어물하는 수도 없고 '에이, 비를 맞으면 맞았지.' 하고 나는 그냥 나서 버렸다.

대단히 선선해서 견딜 수가 없다. 골덴 옷이 젖기 시작하더니 나중에는 속속들이 스며들면서 추근거린다. 비를 맞아 가면서라도 견딜 수 있는 데까지 거리를 돌아다녀서 시간을 보내려 하였으나, 인제는 선선해서 이 이상은 더 견딜 수가 없다. 오한이 자꾸 일어나면서 이가 딱딱 맞부딪는다.

나는 걸음을 늦추면서 생각하였다. 오늘 같은 궂은 날도 아내에게 내객이 있을라구? 없겠지, 하는 생각이 드는 것이다. 집으로 가야겠다. 아내에게 불행히 내객이 있거든 내 사정을 하리라. 사정을 하면 이렇게 비가 오는 것을 눈으로 보고 알아주겠지.

부리나케 와 보니까 그러나 아내에게는 내객이 있었다. 나는 너무 춥고 척척해서 얼떨김에 노크 하는 것을 잊었다. 그래서 나는 보면 아내가 덜 좋아할 것을 그만 보았다. 나는 감발자국 같은 발자국을 내면서 덤벙덤벙 아내 방을 디디고 내 방으로 가서 쭉 빠진 옷을 활활 벗어 버리고 이불을 뒤썼다. 덜덜덜덜 떨린다. 오한이 점점 더 심해 들어온다. 여전 땅이 꺼져 들어가는 것만 같았다. 나는 그만 의식을 잃어버리고 말았다.

이튿날 내가 눈을 떴을 때 아내는 내 머리맡에 앉아서 제법 근심스러운 얼굴이다. 나는 감기가 들었다. 여전히 으스스 춥고 또 골치가 아프고 입에 군침이 도는 것이 씁쓸하면서 다리 팔이 척 늘어져서 노곤하다.

아내는 내 머리를 쓱 짚어 보더니 약을 먹어야지 한다. 아내 손이 이마에 선뜻한 것을 보면 신열이 어지간한 모양인데 약을 먹는다면 해열제를 먹어야지 하고 속 생각을 하자니까 아내는 따뜻한 물에 하얀 정제약 네 개를 준다. 이것을 먹고 한잠 푹 자고 나면 괜찮다는 것이다. 나는 널름 받아먹었다. 쌉싸름한 것이 짐작 같아서는 아마 아스피린인가 싶다. 나는 다시 이불을 쓰고 단번에 그냥 죽은 것처럼 잠이 들어 버렸다.

나는 콧물을 훌쩍훌쩍 하면서 여러 날을 앓았다. 앓는 동안에 끊이지 않고 그 정제약을 먹었다. 그러는 동안에 감기도 나았다. 그러나 입맛은 여전히 소태처럼 썼다.

나는 차츰 또 외출하고 싶은 생각이 났다. 그러나 아내는 나더러 외출하지 말라고 이르는 것이다. 이 약을 날마다 먹고 그리고 가만히 누워 있으라는 것이다. 공연히 외출을 하다가 이렇게 감기가 들어서 저를 고생시키는게 아니란다. 그도 그렇다. 그럼 외출을 하지 않겠다고 맹세하고 그 약을 연복하여 몸을 좀 보해 보리라고 나는 생각하였다.

나는 날마다 이불을 뒤집어쓰고 밤이나 낮이나 잤다. 유난스럽게 밤이나 낮이나 졸려서 견딜 수가 없는 것이다. 나는 이렇게 잠이 자꾸만 오는 것은 내가 몸이 훨씬 튼튼해진 증거라고 굳게 믿었다.

나는 아마 한 달이나 이렇게 지냈나보다. 내 머리와 수염이 좀 너무 자라서 후툿해서 견딜 수가 없어서 내 거울을 좀 보리라고 아내가 외출한 틈을 타서 나는 아내 방으로 가서 아내의 화장대 앞에 앉아 보았다. 상당하다. 수염과 머리가 참 상당하였다. 오늘은 이발을 좀 하리라고 생각하고 겸사겸사 고 화장품 병들 마개를 뽑고 이것저것 맡아 보았다. 한동안 잊어버렸던 향기 가운데서는 몸이 배배 꼬일 것 같은 체취가 전해 나왔다. 나는 아내의 이름을 속으로만 한 번 불러 보았다. "연심이—" 하고…….

오래간만에 돋보기 장난도 하였다. 거울 장난도 하였다. 창에 든 볕이 여간 따뜻한 것이 아니었다. 생각하면 오월이 아니냐.

나는 커다랗게 기지개를 한 번 켜보고 아내 베개를 내려 베고 벌떡 자빠져서는 이렇게도 편안하고 즐거운 세월을 하느님께 흠씬 자랑하여 주고 싶었다. 나는 참 세상의 아무것과도 교섭을 가지지 않는다. 하느님도 아마 나를 칭찬할 수도 처벌할 수도 없는 것 같다.

그러나 다음 순간 실로 세상에도 이상스러운 것이 눈에 띄었다. 그것은 최면약 아달린갑이었다. 나는 그것을 아내의 화장대 밑에서 발견하고 그것이 흡사 아스피린처럼 생겼다고 느꼈다. 나는 그것을 열어 보았다. 꼭 네 개가 비었다.

나는 오늘 아침에 네 개의 아스피린을 먹은 것을 기억하고 있었다. 나는 잤다. 어제도 그제도 그끄제도…… 나는 졸려서 견딜 수가 없었다. 나는 감기가 다 나았는데도 아내는 내게 아스피린을 주었다. 내가 잠이 든 동안에 이웃에 불이 난 일이 있다. 그때에도 나는 자느라고 몰랐다. 이렇게 나는 잤다. 나는 아스피린으로 알고 그럼 한 달 동안을 두고 아달린을 먹어 온 것이다. 이것은 좀 너무 심하다.

별안간 아뜩하더니 하마터면 나는 까무러칠 뻔하였다. 나는 그 아달린을 주머니에 넣고 집을 나섰다. 그리고 산을 찾아 올라갔다. 인간 세상의 아무것도 보기가 싫었던 것이다. 걸으면서 나는 아무쪼록 아내에 관계되는 일은 일 체 생각하지 않도록 노력하였다. 길에서 까무러치기 쉬우니까이다. 나는 어디라도 양지가 바른 자리를 하나 골라 자리를 잡아 가지고 서서히 아내에 관하여서 연구할 작정이었다. 나는 길가의 돌장판, 구경도 못한 진 개나리꽃, 종달새, 돌멩이도 새끼를 까는 이야기, 이런 것만 생각하였다. 다행히 길가에서 나는 졸도하지 않았다.

거기는 벤치가 있었다. 나는 거기 정좌하고 그리고 그 아스피린과 아달린에 관하여 연구하였다. 그러나 머리가 도무지 혼란하여 생각이 체계를 이루지 않는다. 단 오 분이 못가서 나는 그만 귀찮은 생각이 번쩍 들면서 심술이 났다. 나는 주머니에서 가지고 온 아달린을 꺼내 남은 여섯 개를 한꺼번에 질겅질겅 씹어먹어 버렸다. 맛이 익살맞다. 그리고 나서 나는 그 벤치 위에 가로 기다랗게 누웠다. 무슨 생각으로 내가 그 따위 짓을 했나? 알 수가 없다. 그저 그러고 싶었다. 나는 게서 그냥 깊이 잠이 들었다. 잠결에도 바위 틈으로 흐르는 물소리가 졸졸 하고 언제까지나 귀에 어렴풋이 들려 왔다.

내가 잠을 깨었을 때는 날이 환히 밝은 뒤다. 나는 거기서 일주야를 잔 것이다. 풍경이 그냥 노오랗게 보인다. 그 속에서도 나는 번개처럼 아스피린과 아달린이 생각났다.

아스피린, 아달린, 아스피린, 아달린, 마르크, 말사스, 마도

로스, 아스피린, 아달린……

아내는 한 달 동안 아달린을 아스피린이라고 속이고 내게 먹였다. 그것은 아내 방에서 이 아달린 갑이 발견된 것으로 미루어 증거가 너무나 확실하다.

무슨 목적으로 아내는 나를 밤이나 낮이나 재웠어야 됐나?

나를 밤이나 낮이나 재워 놓고, 그리고 아내는 내가 자는 동안에 무슨 짓을 했나?

나를 조금씩 조금씩 죽이려던 것일까?

그러나 또 생각하여 보면 내가 한 달을 두고 먹어 온 것이 아스피린이었는지도 모른다. 아내는 무슨 근심되는 일이 있어서 밤이면 잠이 잘 오지 않아서 정작 아내가 아달린을 사용한 것이나 아닌지, 그렇다면 나는 참 미안하다. 나는 아내에게 이렇게 큰 의혹을 가졌다는 것이 참 안됐다.

나는 그래서 부리나케 거기서 내려왔다. 아랫도리가 홰홰 내어 저이면서 어찔어찔한 것을 나는 겨우 집을 향하여 걸었다. 여덟 시 가까이였다.

나는 내 잘못된 생각을 죄다 일러바치고 아내에게 사죄하려는 것이다. 나는 너무 급해서 그만 또 말을 잊어버렸다.

그랬더니 이건 참 큰일났다. 나는 내 눈으로 절대로 보아서 안될 것을 그만 딱 보아 버리고 만 것이다. 나는 얼떨결에 그만 냉큼 미닫이를 닫고 그리고 현기증이 나는 것을 진정시키느라고 잠깐 고개를 숙이고 눈을 감고 기둥을 짚고 섰자니까, 일 초 여유도 없이 홱 미닫이가 다시 열리더니 매무새를 풀어

헤친 아내가 불쑥 내밀면서 내 멱살을 잡는 것이다. 나는 그만 어지러워서 게서 나둥그러졌다. 그랬더니 아내는 넘어진 내 위에 덮치면서 내 살을 함부로 물어뜯는 것이다. 아파 죽겠다. 나는 사실 반항할 의사도 힘도 없어서 그냥 넙적 엎드려 있으면서 어떻게 되나 보고 있자니까, 뒤이어 남자가 나오는 것 같더니 아내를 한아름에 덥석 안아 가지고 방으로 들어가는 것이다. 아내는 아무 말 없이 다소곳이 그렇게 안겨 들어가는 것이 내 눈에 여간 미운 것이 아니다. 밉다.

아내는 너 밤새워 가면서 도둑질하러 다니느냐, 계집질하러 다니느냐고 발악이다. 이것은 참 너무 억울하다. 나는 어안이 벙벙하여 도무지 입이 떨어지지를 않았다.

너는 그야말로 나를 살해하려 던 것이 아니냐고 소리를 한 번 꽥 질러 보고도 싶었으나, 그런 긴가민가한 소리를 선불리 입밖에 내었다가는 무슨 화를 볼는지 알 수 없다. 차라리 억울하지만 잠자코 있는 것이 우선 상책인 듯시피 생각이 들길래, 나는 이것은 또 무슨 생각으로 그랬는지 모르지만 툭툭 떨고 일어나서 내 바지 포켓 속에 남은 돈 몇원 몇십전을 가만히 꺼내서는 몰래 미닫이를 열고 살며시 문지방 밑에다 놓고 나서는, 나는 그냥 줄달음박질을 쳐서 나와 버렸다.

여러번 자동차에 치일 뻔하면서 나는 그래도 경성역으로 찾아갔다. 빈자리와 마주 앉아서 이 쓰디쓴 입맛을 거두기 위하여 무엇으로나 입가심을 하고 싶었다.

커피! 좋다. 그러나 경성역 홀에 한 걸음 들여 놓았을 때 나는 내 주머니에는 돈이 한푼도 없는 것을, 그것을 깜박 잊었던 것을 깨달았다. 또 아뜩하였다. 나는 어디선가 그저 맥없이 머뭇머뭇하면서 어쩔 줄을 모를 뿐이었다. 얼빠진 사람처럼 그저 이리갔다 저리갔다 하면서…….

나는 어디로 어디로 들입다 쏘다녔는지 하나도 모른다. 다만 몇시간 후에 내가 미쓰코시 옥상에 있는 것을 깨달았을 때는 거의 대낮이었다.

나는 거기 아무 데나 주저앉아서 내 자라 온 스물 여섯 해를 회고하여 보았다. 몽롱한 기억 속에서는 이렇다는 아무 제목도 불거져 나오지 않았다.

나는 또 내 자신에게 물어 보았다. 너는 인생에 무슨 욕심이 있느냐고, 그러나 있다고도 없다고도 그런 대답은 하기가 싫었다. 나는 거의 나 자신의 존재를 인식하기조차도 어려웠다.

허리를 굽혀서 나는 그저 금붕어를 들여다보고 있었다. 금붕어는 참 잘들도 생겼다. 작은놈은 작은놈대로 큰놈은 큰놈대로 다 싱싱하니 보기 좋았다. 내려 비치는 오월 햇살에 금붕어들은 그릇 바탕에 그림자를 내려뜨렸다. 지느러미는 하늘하늘 손수건을 흔드는 흉내를 낸다. 나는 이 지느러미 수효를 헤어 보기도 하면서 굽힌 허리를 좀처럼 펴지 않았다. 등이 따뜻하다.

나는 또 회탁의 거리를 내려다보았다. 거기서는 피곤한 생활이 똑 금붕어 지느러미처럼 흐늑흐늑 허비적거렸다. 눈에 보이지 않는 끈적끈적한 줄에 엉켜서 헤어나지들을 못한다.

나는 피로와 공복 때문에 무너져 들어가는 몸뚱이를 끌고 그 오탁의 거리 속으로 섞여 가지 않는 수도 없다 생각하였다.

나서서 나는 또 문득 생각하여 보았다. 이 발길이 지금 어디로 향하여 가는 것인가를……

그때 내 눈앞에는 아내의 모가지가 벼락처럼 내려 떨어졌다. 아스피린과 아달린.

우리들은 서로 오해하고 있느니라. 설마 아내가 아스피린 대신에 아달린 정량을 나에게 먹여 왔을까? 나는 그것을 믿을 수는 없다. 아내가 대체 그럴 까닭이 없을 것이니, 그러면 나는 날밤을 새면서 도둑질을 계집질을 하였나? 정말이지 아니다.

우리 부부는 숙명적으로 발이 맞지 않는 절름발이인 것이다. 내나 아내나 제 거동에 로직을 붙일 필요는 없다. 변해할 필요도 없다. 사실은 사실대로 오해는 오해대로 그저 끝없이 발을 절뚝거리면서 세상을 걸어가면 되는 것이다. 그렇지 않을까?

그러나 나는 이 발길이 아내에게로 돌아가야 옳은가 이것만은 분간하기가 좀 어려웠다. 가야 하나? 그럼 어디로 가나?

이때 뚜우 하고 정오 사이렌이 울었다. 사람들은 모두 자기 활개를 펴고 닭처럼 푸드덕거리는 것 같고 온갖 유리와 강철과 대리석과 지폐와 잉크가 부글부글 끓고 수선을 떨고 하는 것 같은 찰나, 그야말로 현란을 극한 정오다.

나는 불현듯이 겨드랑이가 가렵다. 아하, 그것은 내 인공의 날개가 돋았던 자국이다. 오늘은 없는 이 날개, 머릿속에서는

희망과 야심이 말소된 페이지가 딕셔너리 넘어가듯 번뜩였다.

나는 걷던 걸음을 멈추고 그리고 일어나 한 번 이렇게 외쳐 보고 싶었다.

날개야 다시 돋아라.

날자. 날자. 날자. 한 번만 더 날자꾸나.

한 번만 더 날아 보자꾸나.

(『조광』, 1936)

11

대표수필

개날

鳥瞰圖

권태

1

어서…… 차라리 어두워 버리기나 했으면 좋겠는데…… 벽촌의 여름날은 지리해서 죽겠을 만치 길다.

동의 팔봉산 곡선은 왜 저리도 굴곡도 없이 단조로운고?

서를 보아도 벌판, 북을 보아도 벌판, 아, 이 벌판은 어쩌라고 이렇게 한이 없이 늘어놓였을꼬? 어쩌자고 저렇게까지 똑같이 초록색 하나로 되어 먹었노?

농가가 가운데 길 하나를 두고 좌우로 한 10여 호씩 있다. 휘청거린 소나무 기둥, 흙을 주물러 바른 벽, 강낭대로 둘러싼 울타리, 울타리를 덮은 호박덩굴 모두가 그게 그것같이 똑같다. 어제 보던 댑싸리 나무, 오늘도 보는 김서방, 내일도 보아야 할 신둥이 검둥이.

해는 100도 가까운 볕을 지붕에도 벌판에도 뽕나무에도 암탉 꼬랑지에도 내리쬔다. 아침이나 저녁이나 뜨거워서 견딜 수가 없는 폭염의 계속이다.

나는 아침을 먹었다. 할 일이 없다. 그러나 무작정 널따란 백지 같은 '오늘'이라는 것. 내 앞에 펼쳐져 있으면서도 무슨 기사라도 좋으니 강요한다. 나는 무엇이고 하지 않으면 안된다. 무엇을 해야 할 것인가 연구해야 된다. 그럼 나는 최서방네 집 사랑 툇마루로 장기나 두러 갈까. 그것이 좋다.

최서방은 들에 나갔다. 최서방네 사랑에는 아무도 없나 보다. 최서방네 조카가 낮잠을 잔다. 아하, 내가 아침을 먹은 것은 10시나 지난 후니까 최서방의 조카로서는 낮잠 잘 시간이 틀림없다.

나는 최서방의 조카를 깨워가지고 장기를 한판 벌이기로 한다. 최서방의 조카로서는 그러니까 나와 장기두는 것 그것부터가 권태이다. 밤낮 두어야 마찬가질 바에는 안 두는 것이 차라리 낫지. 그러나 안두면 또 무엇을 하나? 둘밖에 없다.

지는 것도 권태이거늘 이기는 것이 어찌 권태 아닐 수 있으랴? 열번 두어서 열번 내리 이기는 장난이란 열 번지는 이상으로 싱거운 장난이다. 나는 참 싱거워서 견딜 수 없다.

한 번쯤 져 주리라. 나는 한참 생각하는 체하다가 슬그머니 위험한 자리에 장기 조각을 갖다 놓는다. 최서방의 조카는 하품을 쓱 한번 하더니 이윽고 둔다는 것이 딴전이다. 으레 질 것이니까 골치 아프게 수를 보고 어쩌고 하기도 싫다는 사상이리라. 아무렇게나 생각나는 대로 장기를 갖다 놓고는 그저 얼른얼른 끝을 내어 져주면 이 상승장군은 이 압도적 권태를 이기지 못해 제출물에 가 버리겠지 하는 사상이리라. 가고 나면 또 낮잠이나 잘 작정이리라.

나는 부득이 또 이긴다. 이제 그만 두잔다. 물론 그만 두는 수밖에 없다.

일부러 져 준다는 것조차가 어려운 일이다. 나는 왜 저 최서방의 조카처럼 아주 영영 방심 상태가 되어 버릴 수가 없나? 이 질식할 것 같은 권태 속에서도 사세한 승부에 구속을 받나? 아주 바보가 되는 수는 없나?

내게 남아 있는 이 치사스러운 인간이욕이 다시없이 밉다. 나는 이 마지막 것을 면해야 한다. 권태를 인식하는 신경마저 버리고 완전히 허탈해 버려야 한다.

2

나는 개울가로 간다. 가물로 하여 너무나 빈약한 물이 소리 없이 흐른다. 뼈처럼 앙상한 물줄기가 왜 소리를 치지 않나?

너무 덥다. 나뭇잎들이 다 축 늘어져서 허덕허덕하도록 덥다. 이렇게 더우니 시냇물인들 서늘한 소리를 내어 보는 재간도 없으리라.

나는 그 물가에 앉는다. 앉아서 자, 무슨 제목으로 나는 사색해야 할 것인가 생각해 본다.

그렇다면 아무 것도 생각 말기로 하자. 그저 한량없이 넓은 초록색 벌판, 지평선, 아무리 변화하여 보았댔자 결국 치열한 곡예의 역을 벗어나지 않는 구름, 이런 것을 건너다 본다.

지구 표면적의 100분의 99가 이 공포의 초록색이리라. 그렇다면 지구야말로 너무나 단조 무미한 채색이다. 도회에는 초록이 드물다. 나는 처음 여기 표착하였을 때 이 신선한 초록빛에 놀랐고 사랑하였다. 그러나 닷새가 못 되어서 일망무제의 초록색은 조물주의 몰취미와 신경의 조잡성으로 말미암은 무미건조한 지구의 여백인 것을 발견하고 다시금 놀라지 않을 수 없었다.

어쩔 작정으로 저렇게 퍼러냐. 하루 온종일 저 푸른 빛은 아무 것도 하지 않는다. 오직 그 푸른 것에 백치와 같이 만족하면서 푸른 채로 있다.

이윽고 밤이 오면 또 거대한 구렁이처럼 빛을 잃어버리고 소리도 없이 잔다. 이 무슨 거대한 겸손이냐.

이윽고 겨울이 오면 초록은 실색한다. 그것은 남루를 갈기갈기 찢은 것과 다름없는 추악한 색채로 변하는 것이다. 한겨울을 두고 이 황막하고 추악한 벌판을 바라보고 지내면서 그래도 자살민절하지 않은 농민들은 불쌍하기도 하려니와 거대한 천치다.

그들의 일생이 또한 이 벌판처럼 단조한 권태 일색으로 도포된 것이리라. 일할 때는 초록 들판처럼 더워서 숨이 칵칵 막

히게 싱거울 것이요, 일하지 않을 때에는 겨울 황원처럼 거칠고 구지레하게 싱거울 것이다.

그들에게는 흥분이 없다. 벌판에 벼락이 떨어져도 그것은 뇌성 끝에 가끔 있는 다반사에 지나지 않는다. 촌동이 범에게 물려가도 그것은 맹수가 사는 산촌에 가끔 있는 신벌에 지나지 않는다. 실로 전신주 하나 없는 벌판에서 그들이 무엇을 대상으로 흥분할 수 있으랴. 팔봉산 등을 넘어 철골 전신주가 늘어섰다. 그러나 그 동선은 이 촌락에 엽서 한 장을 내려뜨리지 않고 선 채이다. 동선으로는 전류도 통하리라. 그러나 그들의 방이 아직도 송명으로 어두침침한 이상 그 전선주들은 이 마을 동구에 늘어선 포플라 나무와 조금도 다름이 없다.

그들에게 희망이 있던가? 가을에 곡식이 익으리라. 그러나 그것은 희망이 아니다. 본능이다. 내일. 내일도 오늘 하던 계속의 일을 해야지. 이 끝없는 권태의 내일은 왜 이렇게 끝없이 있나? 그러나 그들은 그런 것을 생각할 줄 모른다. 간혹 그런 의혹이 전광과 같이 그들의 뇌리를 스치는 일이 있어도 다음 순간 하루의 노력으로 말미암아 잠이 오고 만다. 그러니 농민은 참 불행하도다. 그럼, 이 흉악한 권태를 자각할 줄 아는 나는 얼마나 행복된가.

3

댑싸리 나무도 축 늘어졌다. 물은 흐르면서 가끔 웅덩이를 만나면 썩는다.

내가 앉아 있는 데는 그런 웅덩이가 있다. 내 앞에서 물은 조용히 썩는다.

낮닭 우는 소리가 무던히 한가롭다. 어제도 울던 낮닭이 오늘도 또 울었다는 외에 아무 흥미도 없다. 들어도 그만, 안 들어도 그만이다. 다만 우연히 귀에 들려왔으니까 그저 들었달 뿐이다.

닭은 그래도 새벽, 낮으로 울기나 한다. 그러나 이 동리의 개들은 짖지를 않는다. 그러면 모두 벙어리 개들인가. 아니다. 그 증거로는 이 동리 사람이 아닌 내가 돌팔매질을 하면서 위협하면 10리나 달아나면서 나를 돌아다보고 짖는다.

그렇건만 내가 아무 그런 위험한 짓을 하지 않고 지나가면 10리나 먼 데서 온 외인, 더구나 안면이 이처럼 창백하고 봉발이 작소를 이룬 기이한 풍모를 쳐다보면서도 짖지 않는다. 참 이상하다. 어째서 여기 개들은 나를 보고 짖지를 않을까? 세상에도 희귀한 겸손한 겁쟁이 개들도 다 많다.

이 겁쟁이 개들은 이런 나를 보고도 짖지를 않으니 그럼 대체 무엇을 보아야 짖으랴?

그들은 짖을 일이 없다. 여인은 이곳에 오지 않는다. 오지 않을 뿐만 아니라 국도 연변에 있지 않은 이 촌락을 그들은 지나갈 일도 없다. 가끔 이웃 마을의 김서방이 온다. 그러나 그는 여기 최서방과 똑같은 복장과 피부색과 사투리를 가졌으니 개들이 짖어 무엇하랴. 이 빈촌에는 도둑이 없다. 인정있는 도둑이면 여기 너무나 빈한한 새악시들을 위하여 훔친 바 비녀나 반지를 가만히 놓고 가지 않으면 안 되리라. 도둑에게는 이 마을은 도둑의 도심을 도둑맞기 쉬운 위험한 지대리라.

그러니 실로 개들이 무엇을 보고 짖으랴. 개들은 너무나 오랫동안(아마 그 출생 당시부터) 짖는 버릇을 포기한 채 지내왔다. 몇 대를 두고 짖지 않는 이곳 견족들은 드디어 짖는다는 본능을 상실하고 만 것이리라. 인제는 나무토막으로 얻어맞아서 견딜 수 없을 만큼 아파야 겨우 짖는다. 그러나 그와 같은 본능은 인간에게도 있으니 특히 개의 특징으로 쳐들 것은 못되리라.

개들은 대개 제가 길리우고 있는 집 문간에 앉아서 밤이면 밤잠 낮이면 낮잠을 잔다. 왜? 그들에게는 수위할 아무런 대상도 없으니까다.

최서방네 개가 이리로 온다. 그것을 김서방네 개가 발견하고 일어나서 영접한다. 그러나 영접해 본댔자 할 일이 없다. 양구에 그들은 헤어진다.

설레설레 길을 걸어 본다. 밤낮 다니는 길, 그 길엔 아무것도 떨어진 것이 없다. 촌민들은 한여름 보리와 조를 먹는다. 반찬은 날된장과 풋고추이다. 그러니 그들의 부엌에조차 남은 것이 없겠거늘 하물며 길가에 무엇이 족히 떨어져 있을 수

있으랴.

길을 걸어 본댔자 소득이 없다. 낮잠이나 자자. 그리하여 개들은 천부의 수위술를 망각하고 낮잠에 탐닉하여 버리지 않을 수 없을 만큼 타락하고 말았다.

슬픈 일이다. 짖을 줄 모르는 벙어리 개, 지킬 줄 모르는 게으름뱅이 개, 이 바보 개들은 복날 개장국을 끓여먹기 위하여 촌민의 희생이 된다. 그러나 불쌍한 개들은 음력도 모르니 복날은 몇 날이나 남았나 전혀 알 길이 없다.

4

이 마을에는 신문도 오지 않는다. 소위 승합 자동차라는 것도 통과하지 않으니 도회의 소식을 무슨 방법으로 알랴?

오관이 모조리 박탈된 것이나 다름없다. 답답한 하늘, 답답한 지평선, 답답한 풍경, 답답한 풍경, 답답한 풍속 가운데서 나는 이리 뒹굴 저리 뒹굴 굴고 싶을 만치 답답해하고 지내야만 된다.

아무 것도 생각할 수 없는 상태 이상으로 괴로운 상태가 또 있을까. 인간은 병석에서도 생각하는 법이다. 아니 병석에서는 더욱 많이 생각하는 법이다.

끝없는 권태가 사람을 엄습하였을 때 그의 동공은 내부를 향하여 열리리라. 그리하여 망쇄할 때보다도 몇 배나 더 자신의 내면을 성찰할 수 있을 것이다.

현대인의 특질이요 질환인 자의식 과잉은 이런 권태치 않을 수 없는 권태 계급의 철저한 권태로 말미암음이다. 육체적 한산, 정신적 권태 이것을 면할 수 없는 계급이 자의식 과잉의 절정을 표시한다.

그러나 지금 이 개울가에 앉은 나에게는 자의식 과잉조차 폐쇄되었다.

이렇게 한산인데, 이렇게 극도의 권태가 있는데 동공은 내부를 향하여 열리기를 주저한다.

아무것도 생각하기 싫다. 어제까지도 죽는 것을 생각하는 일 하나만은 즐거웠다. 그러나 오늘은 그것조차 귀찮다. 그러면 아무것도 생각하지 말고 눈뜬 채 졸기로 하자.

더워 죽겠는데 목욕이나 할까? 그러나 웅덩이 물은 썩었다. 썩지 않은 물을 찾아가는 것은 귀찮은 일이고……

썩지 않은 물이 여기 있다기로서니 나는 목욕하지 않았으리라. 옷을 벗기가 귀찮다. 아니! 그보다도 그 창백하고 앙상한 수구를 백일 아래 널어 말리는 파렴치를 나는 견디기 어렵다.

땀이 옷에 배면? 배인 채 두자.

그렇다 하더라도 이 더위는 무슨 더위냐. 나는 내가 있는 집으로 돌아와서 세수를 하기로 한다. 나는 일어나서 오던 길을 되돌아서는 도중에서 교미하는 개 한 쌍을 만났다. 그러나 인공의 기교가 없는 축류의 교미는, 풍경이 권태 그것인 것같이 권태 그것이다. 동리 동해에게도 젊은 촌부들에게도 흥미의 대상이 못되는 이 개들의 교미는 또한 내게 있어서도 흥미의 대상이 되지 않는다.

함석 대야는 그 본연의 빛을 일찍이 잃어버리고 그들의 피부색과 같이 붉고 검다. 아마 이 집 주인 아주머니가 시집올 때 가지고 온 것이리라.

세수를 해 본다. 물조차가 미지근하다. 물조차가 이 무지한 더위에는 견딜 수 없었나 보다. 그러나 세수의 관례대로 세수를 마친다.

그리고 호박덩굴이 축 늘어진 울타리 밑 호박덩굴의 뿌리 돋친 데를 찾아서 그 물을 준다. 너라도 좀 생기를 내라고.

땀내 나는 수건으로 얼굴을 훔치고 툇마루에 걸터앉아 있자니까, 내가 세수할 때 내 곁에 늘어섰던 주인집 아이들 넷이 제각기 나를 본받아 그 대야를 사용해 세수를 한다.

저 애들도 더워서 저러는구나, 하였더니 그렇지 않다. 그 애들도 나처럼 일거수일투족을 어찌 하였으면 좋을까 당황해하고 있는 권태들이었다. 다만 내가 세수하는 것을 보고 그럼 우리도 저 사람처럼 세수나 해볼까 하고 따라서 세수를 해보았다는 데 지나지 않는다.

5

원숭이가 사람의 흉내를 내는 것이 내 눈에는 참 밉다. 어째자고 여기 아이들이 내 흉내를 내는 것일까? 귀여운 촌동들을 원숭이로 만들어서는 안 된다.

나는 다시 개울가로 가 본다. 썩은 물, 늘어진 댑싸리 외에 아무것도 없다. 그러나 거기 앉아서 이번에는 그 썩는 중의 웅덩이 속을 들여다본다.

순간 나는 진기한 현상을 목격한다. 무수한 오점들이 방향을 정돈해 가면서 움직이고 있는 것이다. 이것은 생물임에 틀림없다. 송사리 떼임에 틀림없다.

이 부패한 소택 속에 이런 앙증스러운 어족이 서식하리라고는 나는 참 꿈에도 생각하지 못했다. 요리 몰리고 조리 몰리고 역시 먹을 것을 찾음이리라 무엇을 먹고 사누. 버러지를 먹겠지. 그러나 송사리보다도 더 작은 버러지라는 것이 있을까!

잠시를 가만 있지 않는다. 저물도록 움직인다. 대략 같은 동기와 같은 모양으로들 그러는 것 같다. 동기! 역시 송사리의 세계에도 시급한 목적이 있는 모양이다.

차츰차츰 하류를 향하여 군중적으로 이동한다. 저렇게 하류로 하류로만 가다가 또 어쩔 작정인가. 아니, 그들은 중로에서 또 상류를 향하여 거슬러 올라올지도 모른다. 그러나 당장 하류로 향하여 가고 있는 것이 확실하다. 하류로 하류로!

5분 후에는 그들의 모양이 보이지 않을 만치 그들은 멀리

하류로 내려갔다. 그리고 웅덩이는 아까와 같이 도로 썩은 물의 웅덩이로 조용해지고 말았다.

나는 그 자리에서 일어나서 풀밭으로 가 보기로 한다. 풀밭에는 암소 한 마리가 있다.

고 웅덩이 속에 고런 맹랑한 현상이 잠복해 있을 수 있다니, 하고 나는 적잖이 흥분했다. 그 현상도 소낙비처럼 지나가고 말았으니 잊어버리고 그만두는 수밖에.

소의 뿔은 벌써 소의 무기는 아니다. 소의 뿔은 오직 안경의 재료일 따름이다. 소는 사람에게 얻어맞기로 위주니까 소에게는 무기가 필요없다. 소의 뿔은 오직 동물학자를 위한 표지이다. 야우시대에는 이것으로 적을 돌격한 일도 있습니다, 하는 마치 폐병의 가슴에 달린 훈장처럼 그 추억성이 애상적이다.

암소의 뿔은 수소의 그것보다도 더 한층 겸허하다. 이 애상적인 뿔이 나를 받을 리 없으니 나는 마음 놓고 그 곁 풀밭에가 누워도 좋다. 나는 누워서 우선 소를 본다.

소는 잠시 반추를 그치고 나를 응시한다.

'이 사람의 얼굴이 왜 이리 창백하냐. 아마 병자인가 보다. 내 생명에 위해를 가하려는 거나 아닌지, 나는 조심해야 되지.'

이렇게 소는 속으로 나를 심리하였으리라. 그러나 5분 후에 소는 다시 반추를 계속하였다. 소보다도 내가 마음을 놓는다.

소는 식욕의 즐거움조차를 냉대할 수 있는 지상 최대의 권태자다. 얼마나 권태에 질렸길래 이미 위에 들어간 식물을 다시 게워 그 시금털털한 반소화물의 미각을 역설적으로 향락하는 체해 보임이리오?

소의 체구가 크면 클수록 그의 권태도 크고 슬프다. 나는 소 앞에 누워 세균같이 사소한 고독을 겸손하면서 나도 사색의 반추는 가능할는지 몰래 좀 생각해 본다.

6

길 복판에서 6, 7인의 아이들이 놀고 있다. 적발동부의 반라군이다. 그들의 혼탁한 안색, 흘린 콧물, 두른 베두렁이, 벗은 웃통만을 가지고는 그들의 성별조차 거의 분간할 수 없다.

그러나 그들은 여아가 아니면 남아요, 남아가 아니면 여아인 결국에는 귀여운 5, 6세 내지 7, 8세의 '아이들' 임에는 틀림없다. 이 아이들이 여기 길 한복판을 선택하여 유희하고 있다.

돌멩이를 주워 온다. 여기는 사금파리도 벽돌 조각도 없다. 이 빠진 그릇을 여기 사람들은 버리지 않는다.

그리고는 풀을 뜯어 온다. 풀, 이처럼 평범한 것이 또 어디 있을까. 그들에게 있어서는 초록빛의 물건이란 어떤 것이고 간에 다시없이 심심한 것이다. 그러나 하는 수 없다. 곡식을 뜯는 것도 금제니까 풀 밖에 없다.

돌멩이로 풀을 짓찧는다. 푸르스레한 물이 돌에 가 염색된다. 그러면 그 돌과 그 풀은 팽개치고 또 다른 풀과 돌멩이를 가져다가 똑같은 짓을 반복한다. 한 10여분 동안이나 아무 말이 없이 잠자코 이렇게 놀아 본다.

10분 만이면 권태가 온다. 풀도 싱겁고 돌도 싱겁다. 그러면 그 외에 무엇이 있나? 없다.

그들은 일제히 일어선다. 질서도 없다. 충동의 재료도 없다. 다만 그저 앉았기 싫으니까 이번에는 일어서 보았을 뿐이다.

일어서서 두 팔을 높이 하늘을 향하여 쳐든다. 그리고 비명에 가까운 소리를 질러 본다. 그러더니 그냥 그 자리에서 경중경중 뛴다. 그러면서 그 비명을 겸한다.

나는 이 광경을 보고 그만 눈물이 났다. 여북하면 저렇게 놀까. 이들은 놀 줄조차 모른다. 어버이들은 너무 가난해서, 이들 귀여운 애기들에게 장난감을 사다 줄 수가 없었던 것이다.

이 하늘을 향하여 두 팔을 뻗치고, 그리고 소리를 지르면서 뛰는 그들의 유희가 내 눈에는 암만해도 유희같이 생각되지 않는다. 하늘은 왜 저렇게 어제도 오늘도 내일도 푸르냐, 산은 벌판은 왜 저렇게도 어제도 오늘도 내일도 푸르냐는 조물주에게 대한 저주의 비명이 아니고 무엇이랴.

아이들은 짖을 줄조차 모르는 개들과 놀 수는 없다. 그렇다고 모이 찾느라고 눈이 벌건 닭들과 놀 수도 없다. 아버지도 어머니도 너무나 바쁘다. 언니 오빠조차 바쁘다. 역시 아이들은 아이들끼리 노는 수밖에 없다. 그런데 대체 무엇을 가지고 어떻게 놀아야 하나, 그들에게는 장난감 하나가 없는 그들에게는 영영 엄두가 나서지를 않는 것이다. 그들은 이렇듯 불행하다. 그 짓도 5분이다. 더 이상 더 길게 이 짓을 하자면, 그들은 피로할 것이다. 순진한 그들이 무슨 까닭에 피로해야 되나? 그들은 위선 싱거워서 그 짓을 그만 둔다.

그들은 도로 나란히 앉는다. 앉아서 소리가 없다. 무엇을 하나 무슨 종류의 유희인지, 유희는 유희인 모양인데…… 이 권태의 왜소 인간들은, 또 무슨 기상천외의 유희를 발명했나.

5분 후에 그들은 비키면서 하나씩 둘씩 일어선다. 제 각각 대변을 한 무더기씩 누어 놓았다. 아, 이것도 역시 그들의 유희였다. 속수무책의 그들 최후의 창작 유희였다. 그런 그중 한 아이가 영 일어나지를 않는다. 그는 대변이 나오지 않는다. 그럼 그는 이번 유희의 못난 낙오자임에 틀림없다. 분명히 다른 아이들 눈에 조소의 빛이 보인다. 아, 조물주여! 이들을 위하여 풍경과 완구를 주소서.

7

날이 어두웠다. 해저와 같은 밤이 오는 것이다. 나는 자못 이상하다.

가만히 생각해 보면 나는 배가 고픈 모양이다. 이것이 정말이라면, 그럼 나는 어째서 배가 고픈가? 무엇을 했다고 배가 고픈가?

자기 부패작용이나 하고 있는 웅덩이 속을 실로 송사리떼가 쏘다니고 있더라. 그럼 내 장부 속으로도 나로서 자각할 수 없는 송사리떼가 준동하고 있나보다. 아무튼 나는 밥을 아니 먹을 수는 없다.

밥상에는 마늘장아찌와 날된장과 풋고추조림이 관성의 법칙처럼 놓여 있다. 그러나 먹을 때마다 이 음식이 내 입에 내 혀에 다르다. 그러나 나는 그 까닭을 설명할 수 없다.

마당에서 밥을 먹으면, 머리 위에서 그 무수한 별들이 야단이다. 저것은 또 어쩌라는 것인가? 내게는 별이 천문학의 대상이 될 수 없다. 그렇다고 시상의 대상도 아니다. 그것은 다만 향기도 촉감도 없는 절대 권태의 도달할 수 없는 영원한 피안이다. 별조차가 이렇게 싱겁다.

저녁을 마치고 밖으로 나와 보면, 집집에서는 모깃불의 연기가 한창이다.

그들은 마당에서 멍석을 펴고 잔다. 별을 쳐다보면서 잔다. 그러나 그들은 별을 보지 않는다. 그 증거로는 그들은 멍석에 눕자마자 눈을 감는다. 그리고는 눈을 감자마자 쿨쿨 잠이 든다. 별은 그들과 관계없다.

나는 소화를 촉진시키느라고 길을 왔다 갔다 한다. 되돌아설 적마다 멍석 위에 누운 사람의 수가 늘어간다.

이것이 시체와 무엇이 다를까? 먹고 잘 줄 아는 시체. 나는 이런 실례로운 생각을 정지해야만 되겠다. 그리고 나도 가서 자야겠다.

방에 돌아와 나는 나를 살펴본다. 모든 것에서 절연된 지금의 내 생활…… 자살의 단서조차를 찾을 길이 없는 지금의 내 생활은 과연 권태의 극, 그것이다.

그렇건만 내일이라는 것이 있다. 다시는 날이 새이지 않는 것 같기도 한 밤 저쪽에 또 내일이라는 놈이 한 개 버티고 서 있다. 마치 흉맹한 형리처럼…… 나는 그 형리를 피할 수 없다. 오늘이 되어 버린 내일 속에서 또 나는 질식할 만치 심심해해야 되고, 기막힐 만치 답답해해야 된다.

그럼 오늘 하루를 나는 어떻게 지냈던가. 이런 것은 생각할 필요가 없으리라. 그냥 자자! 자다가 불행히, 아니 다행히 또 깨거든 최서방의 조카와 장기나 또 한 판 두지. 웅덩이에 가서 송사리를 볼 수도 있고, 몇 가지 안 남은 기억을 소처럼 반추하면서 끝없는 나태를 즐기는 방법도 있지 않으냐?

불나비가 달려들어 불을 끈다. 불나비는 죽었든지 화상을 입었으리라. 그러나 불나비라는 놈은 사는 방법을 아는 놈이다. 불을 보면 뛰어들 줄도 알고. 평상에 불을 초조히 찾아다닐 줄도 아는 정열의 생물이니 말이다.

그러나 여기 어디 불을 찾으려는 정열이 있으며, 뛰어 들 불이 있느냐. 없다. 나에게는 아무것도 없고, 아무것도 없는 내 눈에는 아무것도 보이지 않는다.

암흑은 암흑인 이상, 이 방 좁은 것이나 우주에 꼭 찬 것이나 분량상 차이가 없으리라. 나는 이 대소 없는 암흑 가운데 누워서 숨쉴 것도 어루만질 것도 또 욕심나는 것도, 아무것도 없다. 다만 어디까지 가야 끝이 날지 모르는 내일, 그것이 또

창 밖에 등대하고 있는 것을 느끼면서 오들오들 떨고 있을 뿐이다.

(『조선일보』, 1937)

슬픈 이야기

—어떤 두 주일 동안

거기는 참 오래간만에 가본 것입니다. 누가 거기를 가보라고 그랬나 모릅니다. 퍽 변했습디다. 그 전에 사생寫生하던 다리 아치가 모색暮色 속에 여전하고 시냇물도 그 밑을 조용히 흐르고 있습니다. 양 언덕은 잘 다듬어서 중간중간 연못처럼 물이 괴었고 자그마한 섬들이 아주 세간처럼 조촐하게 놓여 있습니다. 거기서 시냇물을 따라 좀 올라가면 졸업기념으로 사진을 찍던 나무다리가 있습니다. 그 시절 동무들은 다 뿔뿔이 헤어져서 지금은 안부조차 모릅니다. 나는 거기까지는 가지 않고 의자처럼 생긴 어느 나무토막에 앉아서 물속으로도 황혼이 오나 안 오나 들여다보고 앉았습니다. 잎새도 다 떨어진 나무들이 거꾸로 물속에 비쳤습니다. 또 전신주도 비쳤습니다. 물은 그런 틈바구니로 잘 빠져서 흐르나 봅니다. 그 내려놓은 풍경을 만져 보거나 하는 일이 없습니다. 바람 없는 저녁입니다.

그러더니 물속 전신주에 달린 전등에 불이 들어왔습니다. 마치 무슨 요긴한 '말씀' 같습니다. —'밤이 오십니다.' 나는 고개를 들어서 땅 위의 전신주를 보았습니다. 얼른 불이 켜집니다. 내가 안 보는 동안에 백주白晝를 한 병 담아가지고 놀던 전등이 잠깐 한눈을 판 것도 같습니다. 그래 밤이 오나! 그러고 보니까 참 공기가 차갑습니다. 두루마기 아궁탱이 속에서 바른손이 왼손을 아귀에 꼭 쥐고 땀을 흘리고 있습니다. 내 마음이 허공에 있거나 물속으로 가라앉았을 동안에도 육신은 육신끼리의 사랑을 잊어버리거나 게을리하지는 않는가 봅니다. 머리카락은 모자 속에서 헝클어진 채 끽소리가 없습니다. 어떻게 생각하면 이 가난한 모체母體를 의지하고 저러고 지내는 그 각 부분들이 무한히 측은한 것도 같습니다. 땅으로 치면 메마른 불모지 같은 셈일 테니까. 눈도 퀭하니 힘이 없고 귀도 먼지가 잔뜩 앉아서 너절한 행색입니다. 목에서는 소리가 제대로 나기는 나지만 낡은 풍금처럼 다 윤기가 없습니다. 콧속도 그저 늘 도배한 것 낡은 것 모양으로 우중충합니다. 20여 년이나 하나를 믿고 다소곳이 따라 지내온 그들이 어지간히 가엾고 또 끔찍한 것이 아닙니다. 이런 그윽한 충성을 지금 그냥 없이 하면서 나는 망하려 드는 것입니다.

일신一身의 식구들이(손, 코, 귀, 발, 허리, 종아리, 목 등) 주인의 심사를 무던히 짐작하나 봅니다. 이리 비켜서고 저리 비켜서고 서로서로 쳐다보기도 하고 불안스러워하기도 하고 하는 중에도 서로서로 의지하고 여전히 다소곳이 닥쳐올 일을 기다리고만 있는 것 같습니다. 그러는 동안에 꽤 어두워 들어왔습니다. 별이 한 분씩 두 분씩 모여들기 시작합니다. 어디서 오시나 굿이브닝 뺼뺼이 이야기꽃이 피나 봅니다. 어떤 별은 좋은 담배를 피우고 어떤 별은 정한 손수건으로 안경알을 닦기도 하고 또 기념촬영을 하는 패도 있나 봅니다. 나는 그런 오붓한 회장會場을 고개를 들어 보지 않고 차라리 물속으로 해서 쳐다봅니다. 시각이 거의 되었나 봅니다. 오늘 밤의 프로그램은 참 재미있는 여흥이 가지가지 있나 봅니다. 금단추를 단 순시巡視가 여기저기서 들창을 닫는 소리가 납니다. 갑자기 회장이 어두워지더니 모든 인원 얼굴이 활기를 띱니다. 중에는 가벼운 흥분 때문에 잠깐 입술이 떨리는 이도 있고 의미 있는 듯한 미소를 주고받으면서 눈을 끔벅하는 이들도 있나 봅니다. 안드로메다, 오리온, 이렇게 좌석을 정하고 권련들도 다 꺼버렸습니다.

그때 누가 급히 회장 뒷문으로 허둥지둥 들어왔나 봅니다. 모든 별의 고개가 한쪽으로 일제히 기울어졌습니다. 근심스러운 체조, 그리고 숨결 죽이는 겸허로 하여 장내 넓은 하늘이 더 깊고 멀고 어둡고 멀어진 것 같습니다. 무슨 일인고? 넓은 하늘 맨 뒤까지 들리는 그윽하나 결코 거칠지 않은 목소리의 음악처럼 유량한 말씀이 들려옵니다. 여러분, 오늘 저녁에는 모두들 일찍 돌아가시라는 전령입니다. 우드들 일어나나 봅니다. 베레모 검정모자는 참 품品이 있어 보이고 또 서반아식

망토 자락도 퍽 보기 좋습니다. 에나멜 구두가 부드러운 융전絨氈을 딛는 소리가 빠드득빠드득 꽈리 부는 소리처럼 납니다. 뿔뿔이 걸어서들 갑니다. 인제는 회장이 텅 빈 것 같고 군데군데 전등이 몇 개 남아 있나 봅니다. 늙은 숙직인이 들어오더니 그나마 하나씩 둘씩 꺼들어 갑니다. 삽시간에 등불도 다 꺼지고 어둡고 답답한 하늘 넓이에는 추잉껌, 캐러멜 껍데기가 여기저기 헤어져 있습니다.

무슨 일이 있으려나. 대궐에 초상이 났나보다. 나는 팔짱을 끼고 오랫동안 잊어버렸던 우두 자국을 만져 보았습니다. 우리 어머니도 우리 아버지도 다 얽으셨습니다. 그분들은 다 마음이 착하십니다. 우리 아버지는 손톱이 일곱밖에 없습니다. 궁내부 활판소에 다니실 적에 손가락 셋을 두 번에 잘리우셨습니다. 우리 어머니는 생일도 이름도 모르십니다. 맨 처음부터 친정이 없는 까닭입니다. 나는 외갓집 있는 사람이 퍽 부럽습니다. 그러나 우리 아버지는 장모 있는 사람을 부러워하시지는 않으십니다. 나는 그분들께 돈을 갖다 드린 일도 없고 엿을 사다 드린 일도 없고 또 한 번도 절을 해본 일도 없습니다. 그분들이 내게 경제화經濟靴를 사주시면 나는 그것을 신고 그분들이 모르는 골목길로만 다녀서 다 해뜨려 버렸습니다. 그분들이 월사금을 주시면 나는 그분들이 못 알아보시는 글자만을 골라서 배웠습니다. 그랬건만 한 번도 나를 사살하신 일이 없습니다. 젖 떨어져서 나갔다가 23년 만에 돌아와 보았더니 여전히 가난하게들 사십니다. 어머니는 내 대님과 허리띠를 접어 주셨습니다. 아버지는 내 모자와 양복저고리를 걸기 위한 못을 박으셨습니다. 동생도 다 자랐고 막내누이도 새악시 꼴이 단단히 박였습니다. 그렇건만 나는 돈을 벌 줄 모릅니다. 어떻게 하면 돈을 버나요, 못 법니다. 못 법니다.

동무도 없어졌습니다. 내게는 어른도 없습니다. 버릇도 없습니다. 뚝심도없습니다. 손이 내 뺨을 만집니다. 남의 손같이 차디차구나. '무슨 생각을그렇게 하시나요? 이렇게 야위었는데.' 모체가 망하려 드는 기색을 알아차렸나 봅니다. 이내 위문慰問이 끊이지 않습니다. 그러면 무얼 하나 속절없지. 내 마음은 벌써 내 마음 최후의 재산이던 기사記事들까지도 몰래 다 내다 버렸습니다. 약 한 봉지와 물 한 보시기가 남아 있습니다. 어느 날이고 밤 깊이 너희들이 잠든 틈을 타서 살짝 망하리라. 그 생각이 하나 적혀 있을 뿐입니다. 우리 어머니 아버지께는 고하지 않고 우리 친구들께는 전화 걸지 않고 기아棄兒하듯이 망하렵니다.

하하, 비가 오시기 시작입니다. 살랑살랑 물 위에 파문이 어지럽습니다.고무신 신은 사람처럼 소리가 없습니다. 눈물보다도 고요합니다. 공기는 한층이나 더 차갑습니다. 까치나 한 마리! 참, 이 스며들듯 하는 비에 까치집이 새지나 않나 모르겠습니다. 인제는 까치들도 살기가 어려워서 경성 근방에서는 다 없어졌나 봅디다. 이렇듯 궂은 비가 오는 밤에는 우는 사람이 많을 것입니다. 건너편 양옥집 들창이 유달리 환하더니 인제 누가 그 들창을 안으로 닫쳐 버립니다. 따뜻한 방이 눈을 감고 실없는 장난을 하려나 봅니다. 마음대로 하라지요. 하지만 한데는 너무 춥고 빗방울은 차차 굵어갑니다. 비가 오네, 비가 오누나. 인제 비가 들기만 하면 날이 득하렷다. 그런 계절에 대한 근심이 마음을 불안하게 하는 때 나는 사람이 불현듯 그리워지나 봅니다. 내 곁에는 내 여인이 그저 벙어리처럼 서 있는 채입니다. 나는 가만히 여인의 얼굴을 쳐다보면 참 희고도 애처롭습니다. 여인은 그전에 월광 아래 오래오래 놀던 세월이 있었나 봅니다. 아, 저런 얼굴에! 그러나 입 맞출 자리가 하나도 없습니다. 입 맞출 자리란 말하자면 얼굴 중에도 정히 아무것도 아닌 자그마한 빈 터전이어야만 합니다. 그렇건만 이여인의 얼굴에는 그런 공지가 한 군데도 없습니다. 나는 이 태엽을 감아도 소리 안 나는 여인을 가만히 가져다가 내 마음에다 놓아두는 중입니다. 텅텅 빈 내 모체가 망할 때 나는 이 '시몬'과 같은 여인을 체滯한 채 그러렵니다. 이 여인은. 내 마음의 잃어버린 제목입니다. 그리고 미구에 내다 버릴 내 마음 잠깐 걸어 두는 한 개 못입니다. 육신의 각 부분들도 이모체의 허망한 것을 묵인하고 있나 봅니다. 여인, 내 그대 몸에는 손가락 하나 대지 않으리다. 죽읍시다. "더블 플라토닉 슈사이드인가요?" 아니지요, 두 개의 싱글 슈사이드지요. 나는 수첩을 꺼내서 짚었습니다. 오늘이 11월 16일이고, 오는 공일날이 12월 1일이고 그렇다고. "두 주일이군요." 참 그렇군요. 여인의 창호지같이 창백한 얼굴에 금이 가면서 그리로 웃음이 가만히 내다보나 봅니다. 여인은 내 그윽한 공책에다 악

보처럼 생긴 글자로 증서를 하나 쓰고 지장을 찍어 주었습니다. "틀림없이 같이 죽어드리기로." 네, 감사하다뿐이겠습니까. 나는 내가 제일 좋아하는 노래를 생각하고 휘파람을 불었습니다. 나는 세상의 모든 죄송스러운 일을 잊어버리기로 결심하였습니다. 그리고 깨끗한 손수건을 기처럼 흔들었습니다. 패배의 기념입니다. "저기 저 자동차들은 비가 오는데 어디를 저렇게 갑니까?" 네, 그 고개 너머 성모의 시장이 있습니다. "1원짜리가 있다니 정말 불을 지르고 싶습니다." 왜요. 자동차들은 헤드라이트로 물을 튀기면서 언덕 너머로 언덕 너머로 몰려 갑니다. 오늘같이 척척한 밤공기 속에서는 분도 좀 더 발라야 하고 향수도 좀 더 강렬한 것이 소용될 것 같습니다. 참 척척합니다. 비는 인제 제법 옵니다. 모자 차양에서도 물이 뚝뚝 떨어집니다.두루마기는 속속들이 젖어서 인제는 저고리가 젖기 시작했습니다. 아무도 보는 사람이 없습니다. 아무도 없는데 뉘에다가 부끄러워해야 합니까? 나는 누구나 만나거든 부끄러워해 드리렵니다. 그러나 그이는 내가 왜 부끄러워해하는지 모릅니다. 내 속에 사는 악마는 고생살이 많이 한 사람 모양으로 키가 작습니다. 또 체중도 몇 푼어치 안 되나 봅니다. 악마는 어디 가서 횡재를 하고 돌아왔습니다. 장갑을 벗으면서 초췌하나 즐거운 얼굴을 잠깐 거울 속으로 엿보나 봅니다. 그리고 나서는 깨끗한 도화지 위에 단색으로 풍경화를 한 장 그립니다.

거기도 언젠가 한 번은 왔다 간 일이 있는 항구입니다. 날이 좀 흐렸습니다. 반찬도 맛이 없습니다. 젊은 사람이 젊은 여인을 곁에 세우고 우체통에 편지를 넣습니다. 찰싹, 어둠은 물과 같이 출렁출렁하나 봅니다. 우체통 안으로 꼭두서니 빗물이 차갑게 튀어서 편지가 젖었을까 생각해 봅니다. 젊은 사람은 입맛을 다시더니 곁에 섰던 여인과 어깨를 나란히 부두를 향하여 걸어갑니다. 몇 시나 되었나! 4시? 해는 어지간히 서로 기울고 음산한 바람이 밀물 냄새를 품고 불어옵니다. "담배를 다섯 갑만 주십시오. 그리고 50전짜리 초콜릿도 하나 주십시오." 여보 하릴없이 실감개 같지! "자 안녕히 계십시오." 골목은 길고 포도鋪道에는 귤 껍질이 여기저기 헤어졌습니다. 뚜— 부두에서 들려오는 기적 소리가 분명합니다. 뚜— 이 뚜— 소리에는 엷은 보라색을 칠해야 합니다. 부두요 올시다. 에그, 여기도 버스가 있구려. 마스트 위에서 깃발이 오늘은 숨이 차서 헐떡헐떡 야단입니다. 젊은 사람은 앞가슴 둘째 단추를 빼어 놓습니다. 누가 암살을 하면 어떻게 하게? 축항築港 물은 그냥 마루젱처럼 검습니다. 나무토막이 떴습니다. 저놈은 대체 어디서 떨어져나온 놈인구? 참, 갈매기가 나네. 오늘은 헌 옷을 입었습니다. 허공 중에도 길이 진가 봅니다. 자, 탑시다. 선벽船壁은 검고 굴딱지가 많이 붙었습니다. 하여간 탑시다. 시간이 된 모양이지. 뚜— 뚜뚜— 떠나나 보오. 나 좀 드러눕겠소. "저도요." 좀 똥그란 들창으로 좀 내다봐야겠군. 항구에는 불이 들어왔습니다. 여인의 이마를 좀 짚어봅니다. 따끈따끈해요. 팔팔 끓습니다. 어쩌나! 그러지 마우. 담배를 피워 물었습니다. 한 개 피우고, 두 개 피우고, 잇대어 세 개 피우고, 네 개, 다섯 개, 이렇게 해서 쉰 개를 피우는 동안에 결심을 하면 됩니다. 여보, 그동안에 당신은 초콜릿이나 잡수시오. 선실에도 다 불이 켜졌습니다. 모두들 피곤한가 봅니다. 마흔 개, 마흔한 개! 이렇게 해서 어느 사이에 마흔아홉 개를 태워 버렸습니다. 혀가 아려서 못 견디겠습니다. 초저녁이 흔들립니다. 여보, 이 꽁초 늘어선 것 좀 봐요! 마흔아홉 개요. 일어나요. 인제 갑판으로 나갑시다. 여인은 다소곳이 일어나건만 여전히 말이 없습니다. 흐렸군. 별도 없이 바다는 그냥 문을 닫은 것처럼 어둡습니다. 소금내 나는 바람이 여인의 치맛자락을 날립니다. 한 개 남은 담배에 불을 붙여 물고, 요거 한 대가 다 타는 동안에 마지막 결심을 하면 됩니다. 여보 서럽지는 않소? 여인은 머리를 좌우로 흔들었습니다. 다 탔소. 문을 닫아라. 배를 벗어 버리는 미끄러운 소리! 답답한 야음을 떠미는 힘든 소리! 바다가 깨어지는 요란한 소리! 굿바이. 악마는 이 그림 한구석에 차근차근히 사인을 하였습니다.

두 주일이 속절없이 지나가고 공일날이 닥쳐왔습니다. 강변 모래밭을 나는 여인과 함께 걷고 있었습니다. 나는 기침을 합니다. 콜록콜록— 코올록— 감기가 촉생이 되었습니다. 바람이 상류를 향하여 인정 없이 불어옵니다. 내 포켓에는 걱정이 하나 가뜩 들어 있습니다. 여인은 오늘 유달리 키가 작아 보이고 또 생기가 없어 보입니다. 내 그럴 줄을 알았지요. 당신은 너무 젊습니다. 그렇게 젊은 몸으로 이렇게 자꾸 기일이

천연遷延되는 데에서 나는 불안이 점점 커갈 뿐입니다. 바람을 띵띵 먹은 돛폭을 둘씩 셋씩 세워서 상가선商賈船은 뒤에 뒤이어 올라가고 있습니다. 노래나 한 마디 하시구려. 하늘은 차고 땅은 젖었습니다. 과자보다도 가벼운 여인의 체중이었습니다. 나는 돌아서서 간신히 담배를 붙여 물고 겸사겸사 한숨을 쉬었습니다. 기침이 납니다. 저리 가봅시다. 방풍림 우거진 속으로 철로가 놓여 있습니다. 까치 한 마리도 없이 낙엽은 낙엽대로 쌓여서 이 세상에 이렇게 황량한 데가 또 있겠습니까? 나는 여인의 팔짱을 끼고 질컥질컥하는 낙엽을 디디면서 동으로 동으로 걸었습니다. 자갈 실은 화물차가 자그마한 기적을 울리면서 우리 곁으로 지나갑니다. 우리는 서서 그 동화 같은 풍경을 한없이 바라보았습니다. 가끔 가다가는 낙엽 위로 길도 있습니다. 그러나 사람은 하나도 만날 수가 없습니다. 어디까지든지 황량한 인외경人外境입니다. 나는 야트막한 여인의 어깨를 어루만지면서 그 장미처럼 생긴 귀에다 대고 부드러운 발음을 하였습니다. 집에 갑시다. "싫어요. 저는 오늘 아주 나왔세요." 닷새만 더 참아요. "참지요! 그러나 그렇게까지 해서라도 꼭 죽어야 되나요?" "그러믄요. 죽은 셈 치고 그 영혼을 제게 빌려주실 수는 없나요?" 안 됩니다. "언제든지 죽어드리겠다는 저당을 붙여도?"네.

세상에 이런 일도 또 있습니까? 나는 주머니 속에서 몇 벌 편지를 꺼내서는 그 자리에서 다 찢어 버렸습니다. 군君이 이 편지를 받았을 때는 나는 벌써 아무개와 함께 이 세상 사람이 아니리라는 내 마지막 허영심의 레터 페이퍼들이었습니다. 그러나 그게 뭐란 말입니까? 과연 지금 나로서는 혼자 내 한 명命을 끊을 만한 자신이 없습니다. 수양이 못되었습니다. 그러나 힘써 얻어 보오리다. 까치도 오지 않는 이 그윽한 수풀 속에 이 무슨 난데없는 떼 상장喪章이 쏟아진 것입니다. 여인은 새파래졌습니다.

(『조광』, 1937)

동경東京

내가 생각하던 마루노우치빌딩(속칭 마루비루)은 적어도 이 마루비루의 네 갑절은 되는 굉장한 것이었다. 뉴욕 브로드웨이에 가서도 나는 똑같은 환멸을 당할는지—어쨌든 이 도시는 몹시 가솔린 냄새가 나는구나!가 동경의 첫인상이다.

우리같이 폐가 칠칠치 못한 인간은 우선 이 도시에 살 자격이 없다. 입을 다물어도 벌려도 척 가솔린 냄새가 삼투되어 버렸으니 무슨 음식이고 간에, 얼마간의 가솔린 맛을 면할 수 없다. 그렇다면 동경 시민의 체취는 자동차와 비슷해 가리로다.

이 마루노우치라는 빌딩 동리에는 빌딩 외에 주민이 없다. 자동차가 구두 노릇을 한다. 도보하는 사람이라고는 세기말과 현대자본주의를 비예睥睨하는 거룩한 철학인—그 외에는 하다못해 자동차라도 신고 드나든다.

그런데 내가 어림없이 이 동리를 5분 동안이나 걸었다. 그렇다면 나도 현명하게 택시를 잡아타는 수밖에—

나는 택시 속에서 20세기라는 제목을 연구했다. 창밖은 지금 궁성宮城호리 곁—무수한 자동차가 영영營營히 20세기를 유지하노라고 야단들이다. 19세기 쉬적지근한 내음새가 썩 많이 나는, 내 도덕성은 어째서 저렇게 자동차가 많은가를 이해할 수 없으니까 결국은 대단히 점잖은 것이렸다.

신주쿠新宿는 신주쿠다운 성격이 있다. 박빙을 밟는 듯한 사치—우리는 '후란스 야시키'에서 미리 우유를 쉬어 가져온 커피를 한 잔 먹고, 그리고 10전씩을 치를 때 어쩐지 9전 5리가 더 많은 것 같다는 느낌이었다.

에루테루—동경 시민은 프랑스를 HURANSU라고 쓴다. HURANSU는 세계에서 제일 맛있는 연애를 한 사람의 이름이라고 나는 기억하는데 에루테루는 조금도 슬프지 않다.

신주쿠—귀화鬼火 같은 이 번영繁榮 3정목丁目—저 편에는 판장板牆과 팔리지 않는 지대地垈와 오줌 누지 말라는 제시가 있고 또 집들도 물론 있겠지요.

C군은 우선 졸려 죽겠다는 나를 츠키지築地 소극장으로 안내한다. 극장은 지금 놀고 있다. 가지가지 포스터를 붙인 이 일본신극장운동의 본거지가 내 눈에는 서툰 설계의 끽다점 같았다. 그러나 서푼짜리 영화는 놓치는 한이 있어도 이 소극장만은 때때로 참관하였으니 나도 연극애호가로서는 고급이었다.

“인생보다는 연극이 재미있다”는 C군과 반대로 H군은 회의파다. 아파트, H군의 방이 겨울에는 16원 여름에는 14원, 봄과 가을에는 15원, 이렇게 산비둘기처럼 변하는 회계에 대하여 그는 회의와 조소가 깊고 크다. 나는 건망증이 좀 심하므로 그렇게 계절을 따라 재주를 부리지 않는 방을 원하였더니 시골 사람으로 이렇게 먼 데를 혼자 찾아온 것을 보니 당신은 역시 재주가 많은 사람이리라고 죠쥬양孃이 나를 위로한다. 나는 그의 코 왼편 언덕에 달린 사마귀가 역시 당신의 행복을 상징하는 것이라고 위로해 주고 나서 후지산을 한번 똑똑이 보았으면 원이 없겠다고 부언附言해 두었다.

어느 날 아침 7시에 지진이 있었다. 나는 들창을 열고 흔들리는 대 동경을 내어다보니까 빛이 노랗다. 그 저편 잘 개인 하늘 소꿉장난 과자같이 가련한 후지산이 반백의 머리를 내어놓은 것을 보라고 죠쥬양이 격려했다.

긴자銀座는 한 개 그냥 허영독본이다. 여기를 걷지 않으면 투표권을 잃어버리는 것 같다. 여자들이 새 구두를 사면 자동차를 타기 전에 먼저 긴자의 보도를 디디고 와야 한다.

낮의 긴자는 밤의 긴자를 위한 해골이기 때문에 적잖이 추하다. ‘싸롱하루’ 굽이치는 네온사인을 구성하는 부지깽이 같은 철골들의 얼크러진 모양은 밤새고 난 여급의 퍼머넨트 웨이브처럼 남루하다. 그러나 경시청에서 “길바닥에 가래를 뱉지 말라"고 광고판을 써 늘어놓았으므로 나는 침을 뱉을 수는 없다.

긴자 8정목이 내 측량에 의하면 두 자 가웃쯤 될는지! 적염난발赤染亂髮의 모던 영양 한 분을 30분 동안에 두 번 반이나 만날 수 있었으니 말이다. 영양은 하루 중의 가장 아름다운 시간을 소화하시러 나오신 모양인데 나의 이 건조무미한 푸로드나드는 일종 반추에 지나지 않는다.

나는 교바시京橋 옆 지하 공동화장실에서 간단한 배설을 하면서 동경 갔다 왔다고 그렇게나 자랑들 하던 여러 친구들의 이름을 한번 암송해 보았다.

주사走師—섣달 대목이라는 뜻이리라. 긴자 거리 모퉁이 모퉁이의 구세군 사회냄비가 보병총처럼 걸려 있다. 1전—1전만 있으면 와사瓦斯로 밥 한 냄비를 끓일 수 있다. 이렇게 귀중한 1전을 이 사회냄비에 던질 수는 없다. 고맙다는 소리는 1전어치 와사만큼 우리 인생을 비익裨益하지 않을 뿐 아니라 때로는 신선한 산책을 불쾌하게 하는 수도 있으니 '뽀오이'와 '껄'이 자선 쪽박을 백안시하는 것도 또한 무도無道가 아니리라. 묘령의 낭자 구세군—여드름이 좀 난 것이 흠이지 청춘다운 매력이 횡일橫溢하니 "폐경기 이후에 입영하여서도 그리 늦지는 않을 걸요"하고 간곡히 그의 전향을 권설勸說하고도 싶었다.

미쓰코시三越 마쓰사카야松坂屋 이토야伊東屋 시라기야白木

屋 마쓰야松屋 이 7층 집들이 요새는 밤에 자지 않는다. 그러나 우리는 그 속에 들어가면 안된다.

왜? 속은 7층이 아니요 한 층씩인데다가 산적한 상품과 무성한 '숍걸' 때문에 길을 잃어버리기 쉽다.

특가품 저가품 할인품 어느 것을 고를까. 그러나 저러나 이 술어들은 자전에도 없다. 그러면 특가 저가 할인—품보다도 더 싼 것은 없다. 과연 보석 등속 모피 등속에는 '눅거리'가 없으니 눅거리를 업수이 여기는 이 종류 고객의 심리를 잘 이해하옵시는 중형重形들의 슬로건이 실로 약여躍如하도다.

밤이 왔으니 관사冠詞 없는 그냥 '긴자'가 출현이다. 코롬방의 차, 기노쿠니야의 책은 여기 사람들의 교양이다. 그러나 더 점잖게 '뿌라질'에 들러서 '스튜레이트'을 한 잔 마신다. 차를 나르는 새악시들이 모두 똑같이 단풍무늬 옷을 입었기 때문에 내 눈에는 좀 성병性病 모형 같아서 안됐다. '뿌라질'에서는 석탄 대신 커피를 연료로 기차를 운전한다는데 나는 이렇게 진한 석탄을 암만 삼켜보아도 정열은 불붙어 오르지 않는다.

애드벌룬이 착륙한 뒤의 긴자 하늘에는 신의 사려思慮에 의하여 별도 반짝이련만 이미 이 카인의 후예들은 별을 잊어버린 지도 오래다. 노아의 홍수보다도 독와사毒瓦斯를 더 무서워하라고 교육받은 여기 시민들은 솔직하게도 걸어서 귀가하는 길을 지하철로 하기도 한다. 이태백이 놀던 달아! 너도 차라리

19세기와 함께 운명하여 버렸었던들 작히나 좋았을까.

(『문장』, 1939)

이상 연보

1910년 9월 23일 아버지 김영창과 어머니 박세창 사이에서 2남 1녀 중 장남으로 출생함. 본명은 김해경金海卿.

부친은 구한말 궁내부 활판소에서 일하다가 손가락 셋이 잘리고 이발소를 차림.

1913년 자식이 없던 큰아버지 김연필의 양자로 들어가 성장함.

1917년 신명학교 입학. 이곳에서 구본웅을 만나 친구가 되다.

1921년 신명학교 졸업.

조선불교중앙교무원 소속의 동광학교에 입학함.

1922년 동광학교가 보성고등보통학교와 합병되면서 보성고보에 편입함.

1925년 교내 미술전람회에서 〈풍경〉이라는 제목의 유화로 1등에 입상함.

1926년 보성고보 졸업.

경성고등공업학교 건축과 입학.

1928년 본명인 김해경 대신 '이상李箱'이라는 필명 사용하기 시작함.

1929년 경성고등공업학교 건축과 수석 졸업. 학교의 추천으로 조선총독부 내무국 건축과 기수로 근무하기 시작.

조선건축회 정회원으로 가입.

11월 조선총독부 관방 회계과 영선계로 옮김.

12월 조선건축회 학회지 《조선과 건축》의 표지 도안 현상 모집에 1등과 3등으로 각각 당선.

1930년 조선총독부에서 발간하던 잡지 《조선》 국문판에 처녀작이자 유일한 장편소설인 『12월 12일』 발표.

1931년 《조선과 건축》에 〈이상한가역반응〉 〈파편의 경치〉 〈BOITEUX·BOITEUSE〉 〈공복〉 및 〈조감도〉 〈삼차각설계도〉 등 총 20여 편의 시를 세 차례에 걸쳐 일본어로 발표함.

6월 제10회 조선미술전람회에서 서양화 〈자상自像〉으로 입선.

1932년 큰아버지 김연필이 뇌일혈로 사망.

'비구比久'라는 필명으로 《조선》에 단편소설 「지도의 암실」을, '보산甫山'이라는 필명으로 단편소설 「휴업과 사정」을 발표함.

'이상'이라는 필명으로는 《조선과 건축》에 일본어 시 〈건축무한육면각체〉를 발표함.

《조선과 건축》 표지 도안 현상 공모에서 가작 4석으로 입상.

1933년 폐결핵으로 총독부 기수직 사직.

이후 황해도 배천 온천에서 요양하던 중 기생 금홍을 만남.

6월 금홍과 함께 서울로 내려와 종로의 청진동 조선광무소 건물 1층에서 다방 '제비'를 개업하고 동거 시작.

8월 문학단체 '구인회'가 결성되면서 핵심 동인인 이태준, 정지용, 김기림, 박태원 등과 교유하기 시작함. 정지용의 주선으로 《가톨닉청년》지 7월호에 〈꽃나무〉 〈이런시〉 등의 시를 국문으로 발표함.

1934년 '구인회' 동인으로 김유정, 김환태 등과 함께 입회함.

《조선중앙일보》에 근무하던 이태준의 도움으로 〈오감도〉를 《조선중앙일보》에 연재하던 중 독자들의 강력한 항의와 비난으로 15편까지 발표한 이후 중단됨. 이태준은 퇴사까지 염두에 두며 이상의 시를 연재할 것을 결정하였음.

절친한 벗 박태원이 소설 「소설가 구보씨의 일일」을 《조선중앙일보》에 연재하는 동안 '하융河戎'이라는 필명으로 작품의 삽화를 그림.

1935년 9월 경영난으로 다방 '제비'를 폐업하고 금홍과도 결별함.

인사동에서 카페 '쓰루鶴', 종로에서 다방 '69', 명동에서 다방 '무기麥'를 연달아 인수하나 모두 얼마 가지 않아 양도함. 계속된 경영 실패로 생활에 어려움을 겪으면서 방세를 내지 못해 셋방에서 쫓겨나기도 하고, 청소부로 일하던 동생의 도움을 받아 가까스로 생계를 유지함.

1936년 구본웅의 아버지가 운영하던 '창문사'에 입사해 구인회 동인지 《시와 소설》을 편집하나, 1집만 내고 퇴사함.

6월 구본웅의 이복동생 변동림과 결혼.

10월 재기를 위해 일본 도쿄로 떠남. 소설 「종생기」, 수필 「권태」 등을 썼으며 그의 사후 발표됨.

1937년 2월 불령선인不逞鮮人 혐의로 일경에 피검. 건강 악화로 1달여 후 출감하고 도쿄제국대학 부속병원에 입원함.

단편소설 「동해」「종생기」 발표함.

4월 16일 아버지 김영창과 조모가 함께 세상을 떠남.

4월 17일 폐결핵 악화로 요절함. 일본을 거쳐 프랑스로 향하려 하였으나 뜻을 이루지 못함.

아내 변동림이 찾아와 유해를 화장하고 미아리 공동묘지에 안장함. 훗날 유해가 유실됨.

이상 전 시집 **건축무한육면각체**

초판 1쇄 발행 2023년 7월 25일
초판 3쇄 발행 2023년 10월 23일

지은이 이상
펴낸이 김상철
발행처 스타북스
등록번호 제300-2006-00104호

주소 서울시 종로구 종로 19 르메이에르종로타운 B동 920호
전화 02) 735-1312
팩스 02) 735-5501
이메일 starbooks22@naver.com

ISBN 979-11-5795-698-2 03810

이 책의 본문 일부분에 '을유1945' 서체를 사용했습니다.